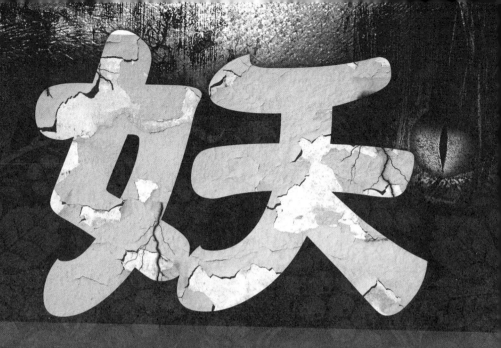

妖瞳

原書名：搜妖——妖若有情妖亦老

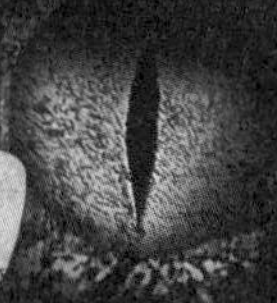

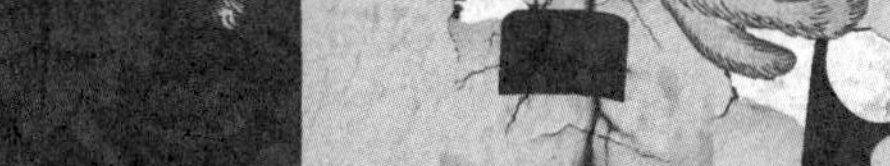

冬夜雪舞◎著

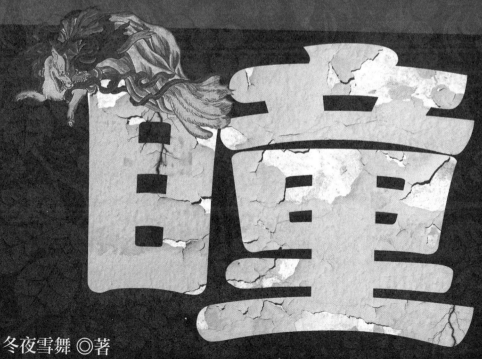

目錄

第一章 004
第二章 013
第三章 027
第四章 043
第五章 062
第六章 077
第七章 089

第八章 101
第九章 111
第十章 135
第十一章 151
第十二章 174
第十三章 186
第十四章 200
第十五章 235
尾聲 260

第一章

這個早晨有些奇怪，夢言剛剛睜開眼睛，念頭就出現在腦中。

她瞇著眼睛往四下看去，房間裡沒有絲毫變化，像每天她醒來時一樣，白色的窗紗正被微風吹動著，陽光溜進來，在紅木地板上跳動，像一群小精靈。這就是夢言深愛著的生活，沒有一點變化。

也許是因為剛才那個夢……夢言自嘲地一笑，她是有些太過膽小了，被一個夢嚇得這樣不安。那個夢具體是什麼內容已經記不清了，只是那種說不出的恐懼依然緊攫著她，讓她屏住呼吸。夢言拉開窗簾，深吸了一口清新的空氣，陽光照在她的身上暖暖的，安全感和自信一點點回來了。

突然，夢言吃驚地發現，錶上的時間是早上九點，就是說她比平時整整晚起了兩個小時。夢言這才焦急起來，急忙走進廚房。

老公石磊不在，餐桌上空蕩蕩的，夢言的心裡有些失落。石磊可能看夢言睡得太香甜了，捨不得叫醒她，空著肚子趕早班船去另一個鎮上班了。夢言無心準備早餐，倒了些牛奶在淺碟上，拉開陽臺門輕聲喚著：「咪咪，吃飯了。」咪咪是一隻野貓，不知何時流浪到這裡，夢言每天都會準時來餵牠，牠也習慣時間一到就坐在陽臺外的草坪上等待。可是今天不管夢言怎麼叫，咪咪就是沒有出現。

夢言等了一會兒，失望的回到廚房坐著發呆。

不知為什麼，她覺得心裡空空的，這個世界太安靜了。

夢言猛然跳起身，她終於明白什麼地方不對了，這個世界太安靜了。

夢言匆匆洗漱一下就換衣服出了門，她現在急於混到人群中，一種不祥的孤獨感襲來，讓她坐立不安。

人有時真是很矛盾，其實夢言說服石磊搬到這個小島上來住，就是想遠離塵世的喧囂。她不喜歡身在人群中，卻沒有人可以信賴，沒有人可以依靠的感覺。在她看來，與其無人在自獨享孤獨，也不在人群中遭受冷漠。可是現在的夢言，卻只想著找一個人說說話，哪怕這個人是她曾經不屑理會的。

第一次來這個島是和石磊度蜜月。從來到走一共七天，夢言發現自己已經被這座無名島深深迷住了。島上一共只有三十幾戶人家，主要從事旅遊業，各項設施很齊全。不過知名度不高等原因，使這裡不像許多旅遊聖地一樣遊客成災，所以更像一個世外桃源，大家過著富足且平靜的生活，沒有紛爭。島上每個人都相互認識，與其說是一個城鎮，不如說像一個大家庭更確切。夢言喜歡這種溫馨瑣碎的生活。

夢言的工作是替刊物畫插圖，工作完成後可以用網路傳送，工作地點沒有限制。石磊的師兄在不遠的城市開診所，他正好去那裡工作。為了照顧他們，師兄為石磊安排的工作相對較輕閒，工作兩天休息一天，他就可以坐船去島上和夢言團聚。他們很快就適應了這樣的生活。

從夢言家到超市要穿過兩條街道，平時都是開車過去，採購一週的用品，可是今天她想走一走。

路口空蕩蕩的，一輛車也沒有，也沒有一個行人。現在是旅遊淡季，島上人不多，夢言穿過街心花園，超市就在眼前了。這是島上唯一的一家超市，二十四小時營業，有些島上的居民就把逛超市當成消磨時光的方式，所以這裡的人是最多的。

走進超市門時，夢言才想起為什麼感覺少些什麼，門前那個常年在這裡乞討的乞丐不在，這可真是奇蹟，他可是連耶誕節都不會放假的。

超市裡的情形讓夢言大吃一驚，她甚至有些懷疑自己是不是還在夢中。這裡空空如也，一個人也沒有。

收銀臺前沒有人，貨架前沒有人，化妝品櫃檯前笑容可掬的小姐也失蹤了，商品安靜地擺在那裡，一絲不亂，可是就是沒有一個人在。夢言眨眨眼睛，她懷疑自己在夢遊。

夢言不知道是怎麼離開超市的，她也不知道自己應該去什麼地方。太陽已經爬到半空中，火辣辣地烤著她。她瞇著眼睛向四下張望，沒有人，一個人影都沒有。停車場那個兇巴巴的胖女人不在，拎著警棍穿著大皮靴的保全不在，報亭主人瘦小的黑老頭不在……夢言一直走到中心廣場，還是一個人也沒有。平時這裡會很熱鬧，追著鴿子餵食的情侶，跑來跑去的孩子，踩著滑板東撞西撞的少年，枯坐在椅子上像一輩子也不願意離開的老人……可是此時，他們都不見了。廣場的噴泉靜靜的噴向藍色的天空。夢言木然的走過去，把手伸進水裡，水是涼的。

安娜夫人！這個名字跳出來時，夢言就像捉到了一根救命稻草。安娜夫人，她一定在家。夢言飛快地向安娜夫人的家跑去。寂靜無人的廣場上，一個身材高䠷的白衣女子飛奔而過，驚起的鴿子在空中盤旋，一切那麼不真實，又那樣美。也許這真是一個夢，夢言安慰著自己。

鄰居安娜夫人是個鋼琴家，年歲已高，也沒有什麼親人，獨自隱居在這裡。夢言搬來不出兩個月，就跟她成了朋友，沒事就會過去坐一下。安娜夫人廣博的閱歷和豐富的藏書都令夢言十分著迷。黃昏時分，房間裡的光線已經暗下來，夕陽慷慨的把最後一點餘輝抹在安娜夫人的背影上。雪白的頭髮變成金黃色，俄羅斯純毛大披肩溫暖又貼身地裹在她微胖的身上，依然靈活的手指隨意在鋼琴上敲打出美好的聲音。夢言坐在迴廊的籐椅上，吃著安娜夫人自己烤的香橙薄餅。此時她分享的不只是那美妙的音樂，還有被安娜夫人喚回的青春歲月。這是夢言最喜歡的時光。

安娜夫人的院子像座小花園，裡面種著她精心培育的各種植物。每次夢言剛到門口，安娜夫人的愛犬丁丁就會飛奔著迎出來。可是今天，直到她走上臺階，沒有聽到丁丁熟悉的咻咻聲。門沒有鎖，夢言突然恐懼起來，她甚至沒有勇氣推開紗門，她不知道，如果安娜夫人也不在，她要怎麼辦。

門無聲的打開了，房間整潔乾爽如常，散發著淡淡的香橙味。夢言走進廚房，進去餐廳，她甚至闖進了臥室和洗手間。沒有人，安娜夫人和這座小鎮上的所有人一樣蒸發了。

夢言說不出自己現在的心情是什麼，憤怒或是別的什麼，嚴格的說她是被激怒了，她討厭被拋棄，像二十三年前，她剛剛出生，父母就雙雙離世，把她拋棄在這個冷漠的世界。而如今，全世界都拋棄了她，她究竟犯了什麼不可饒恕的罪惡。

夢言突然想到了石磊，她急忙翻出手機，按下號碼。

「您撥的號碼是空號……」夢言呆呆的垂下手臂，任手機掉在地上。她被困了，不管這是不是一個夢，她深深的被傷害了。

離開這個小島，這是夢言經過一夜的掙扎所做出的決定。她用一天的時間走遍了島上的所有地方，找不到任何一個人，連一個生靈都沒有。這也是她覺得世界過於安靜的原因，那些平日叫個不停的小鳥都不見了。還有在廚房和花園裡殺也殺不絕的螞蟻，全部集體消失。月上中天時，走得精疲力竭的夢言不得不接受這個事實，這個島除了她，再也沒有一個活著的生命了。而且不管她用網路還是電話，都不能跟外界取得聯繫。

夢言在碼頭轉了半天，幾十艘船安靜的船在那裡，從這裡出去不超過半個小時，就能到達最近的城鎮。可是夢言從來沒有駕駛過船。

夢言不知道自己是被凍醒的，還是被什麼聲音吵醒，她抬起頭，太陽已經升起來，她不知何時睡倒在船上，衣裙全被露水打濕了。

有聲音！夢言跳起身，她聽到聲音了，由遠而近，正靠過來。她抑制不住狂喜，向著聲音的方向張望著。來的是一艘汽艇，上面還站著一個人。夢言的眼淚止不住的流下來，她拼命地向著船的方向招著手。

汽艇穩穩地靠在一邊，上面的人彎下腰似乎在檢查什麼。夢言飛奔過去，大聲喊著：「快帶我離開這裡！請你快帶我離開這裡！」

夢言的嘴巴大張著，再也發不出聲音了。汽艇上的男人直起腰，定定的看著她，那目光似乎能刺穿她的心。

「舅舅？怎麼是你？」夢言諾諾地問道。這個突然出現的救星竟然是她的舅舅，這是什麼樣的巧合。

「妳快上船，外婆病危，想見妳最後一面。」舅舅說完就發動了汽艇，夢言手腳並用的跟上去，她的腦子有些亂。

夢言從小寄居在外婆家。外婆，這個曾經是夢言唯一能依靠的親人，並沒有給過她多少溫暖。從夢言有記憶起，外婆看著她的眼神就是苛刻的，她能做到的只是維持夢言的基本生命要求，至於其他的，那是奢求，從沒有給過。儘管如此，夢言依然是愛著外婆，這個活在世上跟自己血脈最近的人，像一個看得見摸不到的幽靈，隨時會出現在她的身邊，可是又不能碰觸，讓她永遠都是那樣的無助，然而畢竟她還活在這個世上，不像她的父母早早就離她去了另外的世界。

可是就是這樣，六年前，外婆還是狠心把這若即若離的線給斬斷了。夢言莫名其妙地被逐出家門，並被告知，永遠也不要回來。

那天下著大雪，夢言在外婆的小院外站了很久，頭髮和身上落著厚厚的雪。沒有人知道她是什麼時候離開的，她再也沒有出現。也沒有人知道，那時的夢言發誓，到死也不會再見外婆一面。

現在這種時候，舅舅幽靈般出現在這裡，對她說，外婆病危了。夢言的心抽動一下，她想外婆了。心念一動，眼淚就不聽話地滾成一片。她要回去，看外婆最後一眼。

外婆的家走水路用了整整一天。又累又餓受盡驚嚇的夢言，幾乎一直在船上昏睡。不知過了多久，她被搖醒了，舅舅板著臉說：「到家了。」

一進外婆的小院，夢言被舅舅們的陣勢嚇了一跳，他們嚴陣以待，四個舅媽分立兩邊，幾個表兄妹怒目而視。夢言只覺得自己的身軀矮下去，又變成那個瘦瘦的小女孩，她怯怯的問：「外婆在哪裡？」

二舅站起身，走到夢言的面前，僵硬地伸出一隻手，說：「把鑰匙給我。」夢言一驚，脫口而出道：「什麼鑰匙？」

大舅媽衝上前來，怒叱道：「別裝糊塗，快拿出來！」

夢言嚇得一哆嗦，她縮了一下身體，彷彿下一步就要承受舅媽的耳光，可是那手終是沒有落下來。夢言已經知道他們要的是什麼了，那把銅鑰匙從她出生起就用一條紅線戴在脖子上，從來沒有離開過她。夢言哆嗦著掏出還帶著體溫的鑰匙，可是不管她用什麼辦法，都不能讓那條紅線繩穿過她的頭。

舅舅們早就不耐煩了，大舅媽拿來剪刀，惡狠狠的逼上去，夢言把眼睛一閉，到這種時候，她任何反抗都是多餘的。

看起來細細的紅繩似乎帶著某種魔力，無論怎麼剪都不斷。大舅媽發了狠，咬牙用力，馬上就發出一聲慘叫，她的手立刻變成了一塊散發著冷氣的冰雕。所有人都看著這一幕，無話可說。二舅不信邪，過來撿起剪刀。「嘩啦」一聲，剪刀碎掉了，落了一地的冰渣。又是一個讓人目瞪口呆的結果。半晌，大舅才黯然說：「天意如此，讓她去吧！」

夢言被眾人挾持著走向後屋，那裡就是外婆生前住的地方。裡面的家具都搬空了，獨露出後面的一面牆。夢言適應了一下房間的昏暗的光線，才發現原來那裡有一扇門，門上有一個銅鎖。早有人推夢言上前，她機械地彎下腰，把鑰匙向裡一插，她只覺得眼前出現一片強光，光影中有個人影在晃動，一個熟悉的聲音在說：「唉，妳還是來了。」那是外婆。

夢言吃力地睜大眼睛，可是她什麼也看不見了。

「夢言，夢言你終於醒了！」

是石磊的聲音，夢言驚喜地向前一撲，石磊已經把她擁到懷裡，這個溫暖的懷抱她好像已經離開一個世紀那麼久了。

「石磊，我找不到你了……」夢言抽泣著。

「我在這裡，我再也不會離開妳了。」石磊憐惜地替夢言擦去眼淚。

「我的眼睛怎麼了？」夢言吃驚地問。她睜大眼睛想看看石磊的樣子。可是眼前一片白光，連個人影也看不到。

「夢言，妳不要急，我會找最好的醫生為妳治療的。」石磊的聲音明顯底氣不足。

「我什麼也看不到了？我的眼睛怎麼了？」夢言大聲問著，她在眼睛上用力地揉著，石磊急忙拉下她的手，輕聲安慰道：「夢言，妳能醒來就好，妳知道嗎？妳已經睡了三天了，我都要嚇死了。醫生說妳的眼睛只是暫時失明，會好的，相信我。」

「睡三天？為什麼？」夢言越來越糊塗了，那兩天發生的事一點點浮上來，空無一人的小鎮，突然出現的舅舅，鑰匙……她下意識地在胸前摸了一下，鑰匙還在。

「小鎮發生了煤氣外洩事件，在爆炸中妳受傷了，好在搶救及時。」石磊緊緊擁著夢言，好像一鬆手她就會不見了。

「爆炸？」夢言徹底迷糊了。她語無倫次的把這兩天所見的事跟石磊講了一遍，憑直覺，她就知道石磊不相信她所說的。

「那只是妳這幾天昏睡時的幻覺。妳忘了嗎？外婆和舅舅們都已經不在人世了，三年前那場大水，把他們的鎮整個吞沒了，沒有一個人生還。」

「大水，大水……」夢言夢囈般重複著，她想起來了，事實就是如此。難道那些真的只是她一個離奇的夢？

石磊說島上的房子都被燒毀了，夢言一出院，就把她接到市區，這裡有一間房子，是他們曾經住過的。

夢言的眼睛並沒有像石磊說的那樣好起來，一個月過去了，沒有一點好轉。她只能看到一片耀眼的白光。生活突然被顛覆了，夢言從一個獨立自信的女人，變成一個連基本生活能力都沒有的人，她說不出的沮喪。

石磊變得很忙碌，有時幾天都不能回家，他找了一個鐘點工照顧夢言的飲食起居。夢言試著安慰自己，曾經的家產在一場大火中化為灰燼，他想重新開始建立新的生活秩序，這是可以理解的人之常情。

可是她的生活怎麼辦，難道就這樣生不如死地渾渾噩噩下去？夢言不敢去想，她不知道能得出什麼樣可怕的答案。

第二章

她最盼望的是週末，只有那時石磊才會出現在家裡，而此時的家才有一點溫暖。可是這個週末卻讓她有些懊惱，石磊帶回了兩個朋友，照他的說法，是想讓夢言接觸一下人，她的生活太過寂寞了。

可是夢言卻不這樣認為，聽著他們高談闊論和朗朗的笑聲，一陣陣莫名的委屈就會湧上心頭。

「今天就讓你們見識一下我的寶貝。」喝了一些酒的石磊，心情顯然很好。不用看，夢言就知道他的寶貝是什麼。石磊喜歡瓷器，家裡也有一些收藏。在朋友面前展示自己的寶貝，是石磊最興奮的時候。

「哇！」夢言聽到驚呼和嘖嘖讚嘆聲。

「這就是傳說中的血霧。」石磊的聲音透著得意。

「真的很像血霧，晶瑩剔透的白底上，罩著若隱若現的紅色雲霧，真是美輪美奐。」

夢言不喜歡血霧，即便這個花瓶是她和石磊的媒人。

得到血霧是兩年前的事，夢言利用假期去古鎮旅遊。古鎮是個水鄉小鎮，白色的房子掩映在垂柳間，小橋流水說不盡的靜宜美好。

這裡很古怪，沒有一間燒瓷的窯，也沒有一家作坊，可是每家都有幾件好瓷器。擺在堂屋的方桌上，讓遊客看個目瞪口呆。

夢言知道這些瓷器都是天價的，所以她只是看看，從沒有動念頭帶回去。那天下午她走得有些累了，就坐到一個茶攤前，跟主人有一句無一句地搭著話，喝微苦的白菊花茶。白色的菊花輕輕的在滾水中舒展開來，夢言看著就是一呆。這是生命的第二次綻放，也是最後一次，也是最輝煌的一次。

就在這時，一個身材瘦小的婆婆不知從哪裡走過來，腳下一軟，就倒在夢言的身邊。夢言急忙扶起她，婆婆呻吟著說：「腳痛，不能走啦！」夢言問了她家的方向，一路攙扶過去。婆婆的家在小巷深處，大門敞開著，可以一眼望進黑洞洞的堂屋。

夢言突然有些怕了，她對婆婆說：「就送妳到這裡吧！我回去了。」

「來都來了，進來喝了茶再走吧！」婆婆的語氣淡淡的，卻不容人拒絕。夢言只得跟著走了進去。

婆婆的菊花茶比攤上的好喝幾倍，依然是淡淡的苦，淡淡的香，可是多了一種清涼，透過四肢百骸的清涼，暑氣一掃而盡。夢言覺得自己的眼睛都亮了，於是她四下打量起來。八仙桌，果盤，花瓶，還有畫上不知供的什麼神仙……大同小異。

夢言看畢就起身要告辭，可是就在她站起來時，腿只是在桌腳上碰了一下，桌子就猛烈地搖動起來，花瓶晃了幾晃倒下去，快速滾了過來，帶著刻里卡拉的響聲，像是花瓶中有著什麼東西。就在它要滾到地上時，夢言伸手撈在懷中。

這前後不過幾秒的事，夢言嚇出一身冷汗，天知道這個花瓶值多少錢，如果真這樣打破了，只怕她是賠不起的。

婆婆卻很冷靜，彷彿剛要摔破的東西跟她一點關係都沒有。她眼皮都不抬地說：「這個花瓶是妳的了。」

夢言又是大吃一驚，她低頭看了一下手裡的花瓶。樣式很普通，細頸粗肚，可是顏色卻十分古怪，如玉般潔白的瓶體上，佈滿了血紅的霧狀體。夢言不懂瓷器的行情，可是也能猜到這個花瓶價值不菲。夢言拿起花瓶搖搖，那聲音再次響起，像是有一顆小石子在裡面。

「不，不，我不能要。」夢言說著小心翼翼的把花瓶放回到桌上。說也奇怪，那花瓶好像站不穩似的，又一次倒下來，要不是夢言手快，依然逃不脫粉身碎骨。

「妳帶它走吧！在我看來，它已經破過兩次了，我們的緣分已盡。」婆婆不動聲色地把夢言推出門外。夢言抱著花瓶迷迷糊糊的回到旅館，這才想起來，婆婆回到家後腳下生風，一點也沒有傷到腳的樣子，難道她只是想騙自己回去接受一個花瓶？

夢言好奇心起，第二天帶著花瓶又去了婆婆家，昨天她在進巷口時看到一個茶樓，招牌上寫著「清風閣」三個字。她一打聽，原來這是當地最大的茶樓，很容易就找到了。可是進了茶樓後面的小巷，夢言就有些迷惑，昨天看到的巷子裡是一個個緊閉的大門，可是今天都變成院牆了，巷子深處根本沒有人家，只有一棵參天的古樹。夢言退出去重新再找，可是她再也沒能找到那個院落。

夢言回到住處，把花瓶口朝下倒了半天，倒出一個蚌殼，也不知是河蚌還是海蚌。蚌殼的樣式很普通，上下各一片。這可能是水中最簡單的活物，但現出一種「吃」的慾望。看那結構就知道，沒有一點浪費：上嘴唇，下嘴唇，舌頭，OVER。唯一奇怪的是這蚌殼的顏色，那是和花瓶外面一樣的紅，霧狀的紅。似乎那紅色隨時會從蚌殼上飛起來，帶給人一個綺色或血腥的夢。夢言總覺得這個花瓶和這個蚌殼中，有她無法索解和掌控的祕密。再想起那個神祕消失的老婆婆，她就有些坐立不安。

假期結束了，夢言只能帶著花瓶回家。因為擔心路上太擠，她決定把花瓶寄回去。郵局的工作人員很熱心，幫她找來很多舊報紙塞在花瓶四周，就在要封蓋時，一個男人衝過來攔住他們。

「這花瓶多少錢？賣給我吧！」男人急切地說。

「你喜歡就送給你吧！」夢言脫口而出，不知為什麼說完這句話，她突然就平靜下來，幾天的不安消失了。男人被她說得一愣，猶豫一下，掏出一張名片，塞進夢言的手裡說，「跟我聯繫。」然後抱起花瓶就離開了。

夢言和郵局的工作人員面面相覷。

那男人叫石磊，是個牙醫。夢言並不是打電話知道這些的，那天早上她的牙突然鑽心地疼起來，疼得她扔下手邊的工作就衝進眼前看到的第一間診所。

牙醫只看了她一秒，就摘下大口罩，埋怨的說：「妳怎麼不打電話給我，我一直在找妳。」夢言的牙疼突然就消失了，像來時一樣突然。

後來石磊對夢言說，「妳真是個小傻瓜，這個花瓶叫血霧，價值連城，可是妳就這樣隨意地送給我。我坐臥不寧，最後決定連妳的人一起收過來，算是對妳的補償。」

當時夢言重新抱起花瓶，搖了搖，又響起了當時那種刻里卡拉的聲音，像是一顆石子在裡面撞來撞去。往外一倒，又是那個蚌殼。

「這是什麼？」石磊拿起蚌殼好一陣研究。

夢言不知道那是什麼，她只是知道，石磊拿走血霧的時候，蚌殼並不在裡面。蚌殼被她丟在房間裡，後來就不見了。莫非這個蚌殼自己會飛的，又回來了？

夢言披上了婚紗，嫁給了石磊。她說不清結婚的理由，也許愛情就是沒有理由的，也許這就是愛情。

「血霧沒有被燒壞？」這個疑問一直盤旋在夢言的腦中，照石磊的說法，他們的家已經成了廢墟，血霧這樣脆弱的瓷器竟然完好無缺，實在是奇蹟。

「是很奇怪，它是我們家唯一倖存的東西，也許是天意吧！」醉醺醺的石磊嘀咕一句，就翻身睡著了。扔下夢言一個人在白茫茫的世界，徹夜無眠。

夢言是被猛烈的敲門聲吵醒的，她爬起身，揉了一下眼睛，眼前的白光越來越強烈了。她用手摸索到枕下的感應鐘，馬上有個柔美的聲音報時：「現在是上午九點二十分。」這個時間石磊應該在上班，鐘點工要中午時才會來，那麼敲門的人是誰呢。夢言有些茫然，不知該接著躺下去對敲門人置之不理，還是去問一個究竟。門外的人似乎並不想輕意放棄，越敲越響。

夢言只好摸索著走向門口。這十天下來，房間裡的擺設她還是不大熟悉。腿撞到桌角上，一陣鑽心的疼痛，以後她就要生活在這樣的世界中，只能去努力適應。走到門前，她已經能感覺到門的震動，和門外的人焦急。夢言緊張地問道：「是誰？」

「是我，樓下花店的佩佩。」

聽到這個熟悉的聲音，夢言暗自鬆口氣，失明後她只能透過這一點點資訊來感知世界了，莫名的聲音可以帶給她恐懼，熟悉的聲音則能給她安全感。過去夢言住在這裡時，每天都會去佩佩的花店。夢言不加猶豫的打開房門，佩佩身上淡淡的花香味撲鼻而來。夢言彷彿回到了過去，一襲白衣裙，捧著一束帶著露水的鐵百合站在花店的中央，夕陽從窗子照進來，把花瓣鍍成金黃，而此時就在樓上，石磊的晚餐也已經擺到餐桌上，那時她多麼的幸福……可是她現在什麼也沒有了，除了眼前的白光，她什麼也看不見。

「妳眼睛怎麼樣了？」佩佩關切地問。

「還能怎麼樣？」夢言說著心裡一酸，竟然想落淚了。

「妳的看護不在？」佩佩拉開了廚房的門。

夢言對她這樣大大咧咧的行為有些反感，語調就提了一些，反問道：「我的看護？我怎麼不知道我有看護？」

「什麼？」佩佩的嗓門一下提高八度，「不是有個二十來歲的女孩子在這裡照顧妳嗎？每天去我店裡幫妳買一束鐵百合。我今天找石磊要花錢，他竟然說不知道，現在妳又說沒看護，這是怎麼回事？」

「怎麼會這樣？是誰冒充我們在買花？我怎麼會賴妳的花錢呢？」這次是輪到夢言驚呼了，從醫院回來有十天了，白天石磊上班，一直是她自己一人在家，除了鐘點工會每天過來一次，她幾乎都是自己在家。現在倒好，憑空突然多出來個看護。

「這可怪了，她自己說是妳的看護。也是我親眼看到，妳出院那天，她跟妳和石磊一起回來的。妳怎麼還不承認？」佩佩狐疑地問。

沒等夢言再分辯，佩佩一把推開書房的門。

「花還在這裡，妳還想抵賴？」佩佩氣憤地說。夢言也聞到了花香，是她熟悉的鐵百合。濃烈的花香已經說明了一切，夢言只能乖乖掏出錢來，打發怒氣沖沖的佩佩離開。

夢言摸索著走進書房，在桌子上，她摸到了一個廣口細腰花瓶，應該是血霧。突然夢言覺得白光中出現一個影像，而且越來越清晰。她用力地揉著眼睛，出現在眼前的應該是個紅衣女子，她瀑布般的長髮披散下來，蜂腰柳肩，臉上淡淡的帶著笑。夢言驚恐地向後一退，女子悠然消逝，就像剛出現時一樣突然。

總算盼到石磊回家，夢言急忙把白天發生的事講給他聽。石磊的聲音有些疲憊，他淡淡地說：「夢言，別再胡思亂想了。我的朋友介紹了一位心理諮詢師給妳，紀博士剛從日本留學回來不久，明天我抽時間陪妳去見見他吧！」

夢言猛地把手從石磊的手中抽回，大聲喊道：「我不去！我的心理沒問題。」

「我不是說妳的心理有問題，只是希望妳能快樂。乖，聽我一次吧！」石磊耐心地貼過來，把夢言僵硬的身體攬進懷中，夢言掙扎一下，手在石磊的臉上掃了一下，竟然摸到一片水跡。她的心一動，慢慢地用雙手摸索過去。石磊是在哭吧！她從來沒想過，自己是這樣的自私，這個男人承受著的是怎樣的壓力呢？

夢言不再堅持，也許真應該看一下心理醫生了，發生在她身上的莫名其妙的事太多了。

石磊把夢言帶到心理診所，就說急著回公司開會，匆匆離開了。夢言的心像掉進了冰窖，石磊就這樣把她丟到一個陌生的環境，她心裡的悽惶和無助，是他所不能體會的。夢言把後背挺得筆直，端坐在沙發上，彷彿這個樣子可以保護自己，其實她不知道這個房間什麼樣，甚至有幾個人都不知道。

石磊剛只是說了一句，「夢言，這是紀博士，你們聊一下。」

夢言突然覺得眼前的白光產生了波動，以她的經驗，應該馬上會出現影像了，她不由得興奮起來。雖然這個影像可能只是她的幻像，可是對她來說也是很寶貴的。

一個面孔漸漸地清晰了，這是個男人的臉——分明的輪廓，微凹的雙眼閃動著深遂的目光，筆挺的鼻樑，緊閉的雙唇。他的那雙眼睛正緊緊盯著夢言，竟然讓她的心裡一陣悸動不安，有些羞怯。

「妳看到我了，我知道。」男人在微笑，他向夢言伸出手，「我叫紀憶。」

「紀憶，好特別的名字。」夢言夢囈般的說道，不自覺的就把手伸過去，讓他握了一下。

「可是！你怎麼知道我能看到你？」夢言突然醒悟過來，急忙問道。也許是石磊跟他說過自己的情況，可是他又怎麼能確定自己可以看到他。

紀憶笑著走向自己的座位，他坐下來，安靜的看著夢言，夢言的心一點點回歸平靜。

「我不僅知道妳能看到我，還知道你能看到一些別人看不到的東西。因為一個特殊事件，讓妳看塵世的眼睛閉上了，看另外一個世界的眼睛卻睜開了。我說的妳能明白吧？」紀憶的聲音不大，卻重重地敲在夢言的心上。

「你是出於醫生的治療需要，才順著我說的吧！」夢言還是不敢相信紀憶。

「不，我比一個醫生應該知道的還多。譬如，妳的家人、父母或是上一代的長輩，有人可以通靈，是這樣吧？」

夢言聽了紀憶的話，不由得打了一個哆嗦。通靈的人，那就是外婆了，她那永遠黑暗的小屋，香煙繚繞，外婆坐在蒲團上有節奏地搖晃著身體，嘴裡唸唸有詞。

「是，我外婆。」夢言用低得幾乎聽不到的聲音說道。外婆是靈媒，從童年起在小夥伴間帶給她的屈辱就多過自豪。

「這就對了。」紀憶輕快地笑起來，「我的祖父幾十年前流落到日本，他的職業是陰陽師，跟妳的外婆算是同行吧！」

不知為什麼，夢言剛懸著的心放了下來，短短幾分鐘的交談，她已經在意紀憶的感受了。自從她失明後，紀憶是唯一走進她內心的人。

「你剛說的看另外一個世界的眼睛睜開了，這是什麼意思？」夢言好奇地問道。

「人類是很主觀的，或者說只有少數人肯承認世界上還有另外的空間存在，在那裡生活著許多生靈，也就是一般所指的妖怪，只是大多數的人對它們視而不見。它們也是有生命的，現在你能看到它們了。」紀憶說著輕輕彈了一下手指，又一道光影浮現在夢言的眼前。

這道光影並不清晰，不管夢言怎麼樣睜大眼睛，它只薄薄的一層，好像風吹一下就會消散。

「這是什麼？」夢言吃驚地問。

「它是妳的守護精靈。」

「可是，我從來不知道它的存在。」

「很多人都不知道，可是它們依然存在，只是存在的方式不同。」紀憶笑著說，他的走動帶起一陣波動，守護精靈掙扎一下，消失在光影中。

「它走了！」夢言驚呼道。

「它沒有走，它是存在於妳的意念中的，只要妳招喚，它就會出來。而且妳的意念越強烈，越相信它的存在，它的能力就會越強大。現在的它只能給妳提供小小的幫助，可是有一天，它會成為妳的守護者，讓那個世界的妖怪都敬畏妳，不敢傷害妳。」

這時門被敲了幾下，夢言從椅子上彈起身。紀憶依然在微笑，他用輕快的聲音說：「請進。」然後才壓低聲音對夢言說：「是石磊來接妳了，今天的時間到了，如果還想見我，或是想知道什麼，明天再來。」

石磊把夢言送進家門，就離開了。這次夢言沒有任何不滿，她想單獨待一會兒，剛才紀憶說的那些事，對她的衝擊太大了，她需要時間吸收一下。

突然，一陣花香襲來，夢言猛然一驚。她摸索著走出臥室，花香更濃烈了，是來自書房的方向。她小心翼翼地向前移動著，兩手向前摸索著，在手碰到房門的一剎那，她的心突然緊縮了一下，心裡升起的恐懼讓她想馬上逃離這裡，可是強烈的好奇心又把她留了下來。

她摸到了血霧，也摸到了花瓶裡綻放的鐵百合，花蕊上的蜜汁黏黏的，她可以想像百合剛剛開放的樣子。

眼前的光影波動起來，夢言知道紅衣女子又要出現了，她尖叫一聲轉身就跑，可是腳下一絆就摔到地上。這時，她聽到耳邊有個尖細的聲音在說話，「不要怕，我幫妳。」夢言的心裡一暖，她已經知道說話的是誰了，是她的守護精靈。

夢言回到臥室就一頭栽到床上，用被子緊緊包住自己，這一點點溫暖，能讓她感覺到安全。

眼前的光影波動起來，守護精靈的影像似乎清晰一些了。

「你叫什麼名字？」夢言問。

「你想叫我什麼，我就叫什麼。」守護精靈乖巧地說。

「我想想。」夢言會心的笑了，「叫你翼吧！其實我現在看到的你，就是一對小翅膀。」

「謝謝主人，我有名字了。」翼開心地旋轉著飛了一圈。

「你有性別嗎？就是說你是男是女？」現在夢言對翼越來越好奇了。

「我還沒想好。」翼有些害羞地說。

「啊！不會吧？這個還用想？」夢言嚇得下巴都要掉下來了。

「守護精靈剛出生時是沒有性別的，它所有的後天天賦都是主人賦予的，妳希望我是什麼樣子，我就長成什麼樣子。妳希望我強大，我就會強大；妳希望我消失，我就會退出妳的世界。這不是要妳用語言來命令，而是由妳的潛意識支配，也許妳沒有意識到自己在想什麼，事情已經發生了。」聽翼這樣娓娓道來，夢言不由得放鬆下來。

「主人，妳希望我是男是女？」翼把夢言問得一怔。

「我也沒想好。」夢言說完大笑起來，這是出事以後第一次笑，自己也很吃驚。

「外面的紅衣女子……」夢言還是心有餘悸。

「她不會傷害妳的，妖怪有很多種，有善有惡，大多數不會主動攻擊人類。」翼說著用手向門一指，說，「也許是她怕妳，而不是妳怕她。」

翼的出現讓夢言的生活有了些生機，就像紀憶所說，翼每天都在成長。從最初薄如蟬翼的一對小翅膀，到幻化成小小的人形兒，只用了五天的時間。翼對這個世界充滿了好奇，每天都在房間裡飛來飛去。翼飛過之處，白色的世界就會引起一陣波動，夢言可以隱約猜到物體的形狀，這讓她對這個世界又有了感覺。

「大家好，這次我們請來的是最新一期樂透大獎的得主安娜夫人。」一個甜潤的女聲突然響起。夢言知道翼把電視打開了。

「大家好，我很高興能來這裡……」一個蒼老而熟悉的聲音出現了，夢言像是被什麼擊中一般猛地從床上彈起來，這不是安娜夫人的聲音嗎？

「安娜夫人，您是第二十二期樂透大獎的得主，跟前二十一期一樣，您將得到一億元的獎金，請問您想怎麼安排這些錢呢？」主持人循循善誘地說道。

「我一直是一個人生活，沒有親人，所以我想把這筆錢留給我最喜歡的女孩，她叫夢言。」安娜夫人的聲音帶著憂傷。

「噢？這位幸運的女孩子在什麼地方？」主持人顯然對這個故事有了興趣。

「我不知道，她突然失蹤了，她的丈夫也說不出她的去向，在這裡我承諾，幫我找到夢言的人，將得到一千萬……」

觀眾席上傳來一陣騷動。

夢言呆呆地站在那裡，她看不見電視裡的情景，這些話已經足夠讓她震驚的了。她不只一次問過石磊安娜夫人的下落，每次他都說安娜夫人已經離開人世了，小鎮因為煤氣洩露事件夷為平地，當時在鎮上的人沒有一個倖存下來，現在的無名島就是一片廢墟。

可是電視裡的節目是怎麼回事？夢言百思不得其解，據她所知，安娜夫人從來沒有中過獎，就是說這節目不可能是她生前錄製的。雖然看不到畫面，可是從聲音就可以斷定此人一定是安娜夫人，更何況她還提到了夢言的名字。

「這個節目就要結束了，熱心觀眾可以撥打我們的電話……」

夢言靈機一動，急忙摸過手機照主持人說的號碼打過去。

電話接通了，夢言竟然不知道要問什麼，半晌才結結巴巴地說：「我想知道樂透二十二期哪天開獎。」

「小姐，樂透二十二期已經於二十六日開獎，就是昨天……」

夢言無語了。她突然覺得一切都變得不可思議，哪個是真，哪個是假，她無法判斷。她決定給石磊打通電話，這些疑團除了他沒有人能解開，夢言只是要一個答案。

奇怪的是，石磊的手機不通，公司的電話也無人接聽。整整一天，夢言都焦急地等待著，哪怕是石磊的一句話，都能給她一絲安慰。可是一直到深夜，石磊也沒有回家。

從那天起，石磊就像人間蒸發了一般，從夢言的生活中退了出去。

第三章

雨一直在下，夢言蜷縮在床上，聽著忽急忽緩的雨聲，對著這片空蕩蕩白茫茫的世界發呆。石磊已經有一週沒有出現了。夢言的心越來越涼，她隱隱猜到了什麼，可是又不願意去面對。她也曾鼓起勇氣，想去石磊的公司看個究竟，可是這時她才發現，她連他公司的地址都不知道，也許這些只是一個預謀，早就安排好的。那這一切到底是為什麼呢？夢言想得頭都痛了，理不出一點頭緒來。

門被輕輕地敲了幾下，夢言摸索著下地。鐘點工紅姐來了，手腳俐落地做好飯。夢言對著香噴噴的飯菜一點食慾也沒有。紅姐快速地把房間收拾一遍，卻不急著離開，繞來繞去的在夢言身邊轉。夢言不想說話，就站起身想回臥室。

紅姐吞吞吐吐地叫住夢言：「先生沒回來？」

夢言停下腳步，屏住呼吸，這才忍住奔湧而上的淚水，重重的「嗯」了一聲，就逃也似的奔向臥室。

「我這個月的工錢還沒給，都過了三天了。」紅姐期期艾艾地說。

夢言一愣，不知哪來的力氣，一把擼下手上的戒指，向紅姐的方向一遞，說：「給妳，這個能抵上妳的工資了。以後妳不用來了。」

紅姐一言不發地離開了。夢言倒在床上痛哭起來，她再一次被世界拋棄了。二十四年前她被父母拋棄，現在她被所有的人拋棄了。她無助地摸索著走到門口，打開了門。她希望可以看見一個人，一個認識的人，不過她也知道這不可能。

但是她想錯了。一個熟悉的身影出現在她眼前那團白光裡，越來越清晰。雜亂的頭髮，灰土蒙塵的臉，破爛的衣服。這是……她想起來了，這是無名島上那個乞丐，整天都坐在超市門前，連耶誕節都不會放假的乞丐！

「石太太，能給點吃的嗎？我已經餓了好多天啦！」乞丐沙啞著嗓子問道。

夢言感覺心裡一陣恐懼。她的眼睛已經看不見人類了，難道現在她看到的是那個乞丐的鬼魂？鬼魂也會說話，也會餓嗎？石磊說無名島上的人已經在煤氣洩露事件中全部失去了生命。可是安娜夫人卻又重新在電視上出現。這個乞丐，又是怎麼回事？

「石太太？」乞丐仍然站在那裡，神態很期待地提醒著夢言。

「哦哦，好，請進……你是無名島的人吧？」夢言語無倫次地問，一邊讓開了門口。

她在廚房裡找了好一會兒，才想起自己這七天來已經把能吃的東西全都吃完了。她站在那裡不知道如何是好。

「沒事沒事，有這個也行。」乞丐自作主張，撕開了放在牆角的一個紙箱，從裡面取出一袋泡麵。泡麵到了他的手裡，夢言立刻看清楚了。

「真不好意思啊，我這個樣子。」夢言看著他把速食麵放在嘴裡乾嚼，一邊問：「你是怎麼離開那個島的？」

「那個島嗎？」乞丐一邊貪婪地吃著東西，一邊含混不清地說，「那天，島上發出一片紅光，紅得像血，紅得像霧……」

夢言想起了自己的血霧，想起了血霧中的蚌殼。石磊說那個島是發生了煤氣洩漏。煤氣洩漏應該不是這樣的。

「太可怕了，太可怕了……」乞丐喃喃地說，「從那時候起，我就什麼都不知道啦！等我醒過來，就發現自己在這個地方。我餓了好幾天，也不知道為什麼，就覺得你們的家是在這裡。因為是島上的熟人，應該可以要到一點吃的。」

把一個陌生的乞丐請到家裡，讓他說著這些莫名其妙的話。夢言不知道自己的生命究竟會變成什麼樣子。她什麼也想不明白，她只是想哭。

「石太太，能讓我在這裡休息一下嗎？」乞丐得寸進尺，「我總是覺得，那個房間很誘惑我。」

那個房間是放血霧的房間。夢言沒有說話，神態木然，像是一尊茫然的塑像。乞丐吃飽了，站起身來，自作主張，向那個房間走去。

「啊——」乞丐發出半聲淒厲而短促的慘叫，如同一個人剛剛叫出了聲，就被人一刀切斷了喉管，此外再無聲息。

夢言被這聲慘叫驚醒，惶然不知所措。是闖進那個房間看看究竟，還是奪門而出？就在這個時候，耳邊響起一陣熟悉的音樂，是她的手機鈴聲。悠揚的鈴聲沒完沒了地響著，伴隨著身邊的恐懼刺激著她的神經。

過了好一會兒，她終於接通了電話，這時就是魔鬼打電話過來，她也願意聽天由命。

「我是紀憶，一直沒有妳的消息，有些擔心，妳還好嗎？」

「我不好，我很不好……」夢言哇地一聲哭了出來。

紀憶來得很快，他的身上散發著微腥的水草味，那是雨的味道，清新涼爽。夢言已經很久沒有出門了，都不記得外面的世界什麼樣。她貪婪地嗅著這股味道，終於定下了心神。

「那個房間，那裡……乞丐……」她不知道怎樣說才好。

紀憶走進那個房間看了看，又走出來：「沒什麼啊！只有桌上那個花瓶，其他的什麼都沒有。那是血霧吧？」

「有一個乞丐，我不知道他是人還是鬼魂，他進去了，又消失了……」夢言說。她清楚地看見，紀憶點了點頭。

「一定是鬼魂，妳怎麼會讓他進屋的？」

「以前在無名島的時候，我認識他。他說他已經餓了七天了。」夢言解釋。

「妳不該讓他進來的。記住，以後不要讓任何鬼魂隨意接近血霧。如果需要的話，可以讓妳的守護精靈來幫忙，它叫翼，是吧？」

「翼不知怎麼不見了。」夢言滿腹委屈。

「不見了？是妳對它說了什麼吧？」紀憶溫和地說。

「我……」夢言恍然大悟，那天她生氣時對翼吼過一句：「全是假的，我不相信你們！」

「翼是言靈中的一種，只有在主人相信它的存在時，它才會出現，主人越信任它，它的法力越強大。」

「那現在怎麼辦？」夢言焦急地問。

「讓時間來解決吧！這種信任不是口頭上的，要發自妳的內心。有一天當妳真心的需要它，它會回來的。」紀憶的聲音很柔和，似乎帶著一種奇怪的力量，夢言發現自己已經安靜下來，想起剛才的失態，她有些不好意思。

紀憶沒有再多問什麼，轉身進了廚房，幾分鐘後一碗熱騰騰的泡麵擺到夢言的面前。夢言這才發覺自己很餓，她狼吞虎嚥地把麵吃掉，連湯都沒有放過。紀憶坐在她對面的沙發上，靜靜地微笑著，夢言突然發現自己很喜歡這樣的時光，紀憶幾乎把她跟過去的世界連結在一起了。

「這個血霧花瓶哪來的？」紀憶小心翼翼的捧起血霧，像見到一個久違的朋友。

「你怎麼知道它叫血霧？」夢言有些害怕，又有些好奇。

「不用怕，血霧不會傷害到妳。」紀憶說。

「你是說，它會傷害到別人？」夢言聽出他話中有話。

「是啊！剛才那個乞丐的靈魂，就是被它收走了。」紀憶嘆了一口氣。「應該是它把那個靈魂叫來的吧！孤苦無依的靈魂，最容易上它的當。」

這時的夢言，早已經不是一個無神論者。紀憶的出現，就如她生命中的一根救命稻草。紀憶說什麼，她都會相信。這個血霧花瓶，究竟是個什麼東西，會有這樣神祕的力量？

「它……它為什麼要收走別人的靈魂？」

紀憶沉默了好一會兒。

「我不知道該怎麼對妳說。這個血霧，並不是真的血霧。它根本不是一件瓷器。為什麼會這樣，我也不知道。」

「我看見過一個穿紅衣服的女人，從血霧裡出來。」夢言說。

「還有呢？」

「還有一個顏色和它一樣的蚌殼，有時候就在花瓶裡面，有時候不在。」

「天哪……」紀憶的一隻手扶住了自己的額頭，差點坐了下去。

「怎麼了？」夢言感覺有些不妙。她還從來沒有見過紀憶露出這樣無奈的神態。

「這是一個邪惡的花瓶。也可以說並不邪惡，說不清。」紀憶說。

「不懂。」夢言說。

「先告訴妳我為什麼會認識血霧吧！有很久一段時間，大概一百年間，血霧是我們紀家的傳家寶。可惜，後來失去了它的蹤影。」紀憶嘆道，「這還要從我的曾祖父紀修儒說起。如果妳沒有別的急事，我就用這個故事幫妳打發一下時間。」

「你說吧！我一直對血霧很好奇。」夢言的心裡一直有個疑問，血霧和最近發生在她身上的離奇事件會不會有關係呢？

血霧來到紀家的故事

紀修儒本來是個讀書人，可是到了四十歲卻一事無成，為了一家老小不得已改行經商。書呆子的臭脾氣加上耿直的性格，讓他一賠再賠，最後淪落到跟商隊跑路賺辛苦錢。

這一年他搭上一夥商人，約著一同進雲霧山。商隊一共六個人，隊長人稱李大哥。雲霧山是個奇特的地方，群山環繞中有幾處村落，那裡有溫泉，四季不斷。可是每年冬天大雪封山，這裡就跟外界斷了聯繫。越是到年前，各種物資就越是匱乏。偏偏村子裡的富戶很多，這時只要能把東西運進去，就能賺上幾倍的利潤。所以雖然知道這是一條生死路，可是依然有人去闖。

紀修儒把最後一點家產變賣，買了年貨，就跟著商隊進山去了。依他的意思，也是最後一搏，成敗在此一舉。

雲霧山名副其實，沒等走到半山腰就已經是雲霧繚繞，白雲、白霧加上厚厚的白雪，天連地，地接天，讓人分辨不清方向。有走過幾次的老商家，就囑咐紀修儒跟好隊伍，如果脫隊就是死路一條。

紀修儒對這條進山的路早有耳聞，箇中的兇險也略知一二。傳說這山有山神，名叫雪娘娘，化身美女，經常出沒誘惑路人，奪人性命，所以大家加倍的小心。

一行人正艱難地行走，突然走在最前面的人叫了一聲，不由得大家緊張起來。

隊伍停下來，紀修儒擠到前面去看。原來是雪裡埋了一個人，只露出一半身體，也不知死活。依著老商家的意思就是接著趕路，閒事莫管。可是紀修儒好奇心重，忍不住上去探了一下鼻息，竟然還有一絲熱氣。他又把那人臉上的積雪撩了一下，正好看到那人睜開眼睛，這個人的臉被遮住了，只露出一隻左眼。那隻左眼清澈如水，不喜不悲，可是讓人莫名地心疼。不知怎的紀修儒就想起家裡的幼子，繞膝而戲，心一軟，不顧別人勸阻，就把那人背起來。

「紀相公，你這癡勁兒又犯了，如今這路一個人走還難，你倒多帶上一個，如果你脫了隊，我怎麼跟你家人交待？」李大哥好心勸紀修儒道。

「李大哥您也別勸了，這怎麼說也是一條性命，能救他出去就算，賠上我的命就算我命薄，也怪不得別人。」紀修儒都這麼說，別人不好多話，只埋怨他傻。

紀修儒只顧咬牙趕路，說也奇怪，沒背那人前舉步維艱，背上多了一個人，倒覺得輕鬆起來。這一路紀修儒走得從從容容。

大家舉目遠眺，不遠處炊煙嫋嫋，果然有人。大家心裡一喜，鼓著勁兒走過去，見一間草屋。有人上去叫門，迎門的是個女子，粗布衣服，臉上蒙著一塊頭巾，看不到長相。

「是什麼人？」屋裡傳來一個蒼老的聲音。

「路過的商隊，討擾一下，討口熱水。」李大哥走南闖北見識多，上前賠笑道。

女子並不多話，閃身讓他們進屋。幾人進去一看，才發現草屋裡還有一個老婦人，坐在角落雙目微閉，似乎對他們的到來一無所知。這間草屋裡面十分寬敞，沒看到一個火爐，卻溫暖如春。

紀修儒顧不上好奇，忙著叫那女子弄點熱水來，他背上之人一路上喘息越來越平緩，似有好轉。女子很快端來一碗熱麵湯，不用紀修儒幫忙，那人就自己坐起來端碗喝下。紀修儒見狀大喜，急忙問那人居家何處。那人聲音弱弱的，聽起來像個少年，自稱名叫阿苛，家住山裡，因患重病為家人所棄。就這一句話，嚇得商隊的人都起身離開，坐到遠處去。紀修儒唯有苦笑，想來人世諸多艱難，能至拋棄骨肉，不知是何等重病，自己怕也回天無力。他只得勸那人先休息，帶他到有人家的地方再做打算。

李大哥早拿出糧食給那女子，女子很快備上湯飯，做好之後用木盤端過來，正好是六碗飯。紀修儒知道他們的心思，本意就不想帶阿苛的份，早點打發他才省心。紀修儒過去取了自己的飯菜，要分一半給阿苛，想不到阿苛一把奪過飯去，狼吞虎嚥吃下。那邊幾人嘲笑起來：「老紀啊，你這個好人當的飯都吃不到了。」紀修儒也不惱，從行李中翻出自家老婆給帶的涼饅頭，嚥著吃下去，就和衣倒下了。

大家都辛苦了一天，吃過飯就和衣倒在地上。屋裡很快酣聲四起。紀修儒迷迷糊糊睡了一會兒，也不知做了些什麼夢，只聽到有女人的笑聲。他身上燥熱，睜開眼睛，只見屋裡一片月光清亮亮的，草屋的地上倒像一個大火爐，蒸上來讓他一陣一陣的大汗淋漓。他的大棉襖有點穿不住了，就想起身把外衣脫了。

紀修儒坐起來一看，不由得大吃一驚，原來睡在地上的商隊的人，竟然一個也不見了。遠處的角落有一個黑乎乎的人形，看著像老婦人，那個年輕女人也不見了。只有阿苛依然睡在他的身邊。紀修儒正驚詫，忽聽外面傳來一陣女人的笑聲。他起身湊到後窗向外看，月光下一片白花花的水塘，霧氣繚繞，想來是個溫泉。一個青年女子寸縷不著，正在水中嬉戲。月光照在女子身上，似鍍了一層白銀，只見她或舒展腰身，或扭捏戲水，姿態撩人。

紀修儒看得臉紅心跳，正不知如何是好，忽見幾人竄到水塘邊，紛紛脫衣跳下水中，不正是商隊中的五人。紀修儒這才明白他們為什麼都不見了，原來都在偷看美人兒洗澡。只是借住人家，又行苟且之事，未免情理上說不過去。紀修儒的酸腐勁又上來了，不停的搖頭嘆息。外面又傳來一陣笑聲，他不由得又轉回頭去。

這一次女子望的是他的方向，一雙桃花眼似嗔似怨，嘴角卻是淡淡的一絲笑，讓他不由得心神一蕩。女子忽的又是一笑，這一笑純潤如梨花初綻，不見半點風情，卻又似風情萬種。紀修儒再也忍不下去了，只怪自己迂得狠，落得這般田地還講這些百無一用的倫理道德。他伸手就要解衣服，突然覺得腿下一緊，被一雙手緊緊抱住，嚇得他全身汗毛直豎。

他低頭一看，原來是阿苛。阿苛突然全身抽搐起來，嘴裡嗯嗯呀呀痛苦地呻吟個不停。紀修儒嚇得早把剛才的事丟在腦後，急忙扶阿苛躺下，回身想給他找點熱水，無奈阿苛死命拉住他不放。一直折騰到天光微亮，阿苛才昏沉沉睡去。紀修儒精疲力竭，顧不得許多，倒頭就睡。

不知過了多久，他睜開眼睛，只覺得一片刺眼的白，舉目一看，哪裡有什麼草屋，分明是睡在露天地裡。身上的雪都結成冰了，好在他的狗皮睡袋厚實算是沒凍壞。紀修儒想著昨天晚上的事就奇怪，難道只是一個夢。他鑽出睡袋四下一看，不由得大驚失色，商隊的人東一個西一個赤身倒在雪地上，早已沒了呼吸。紀修儒嚇得三魂出竅，這時聽身邊有個弱弱的聲音說：「他們遇到雪娘娘了，雪娘娘化身美女，誘他們脫衣偷歡，實際上都是幻覺，天明時人就凍死了。」原來阿苛還在，這一夜緊緊擠在紀修儒的身邊，沒有凍死。

紀修儒只好打起精神，帶著阿苛摸索著找到最近的一個村落，本以為自己遇上麻煩百口莫辯，想不到當地人竟然都很理解，原來這樣被雪娘娘害死的人不在少數，大家都習以為常了。紀修儒本來想把阿苛留在村裡，自己帶著貨物再向前走，他決定不管怎麼樣都要把錢帶回去，也算對死者家眷有個交待。

不管紀修儒怎麼勸，阿苛就是要跟他一起走。他見阿苛病情似有好轉，加上所到之處，人人皆有嫌惡之色，也不忍這樣丟下他，就決定帶他回家。

這次生意算是賺到了，可是紀修儒就是高興不起來，想想那五條性命就哀聲嘆氣。離家鄉越近，他的心情越沉重。這天到了古鎮，再走一天的路程就到家了。紀修儒在客店住下，吃過晚餐就走出去亂轉，阿苛緊跟在他的身邊。

紀修儒早給阿苛買了一身新衣服，阿苛卻不肯清理那一頭亂髮，兀自披著，還用塊藍布包住大半邊臉，只露出一隻眼睛。紀修儒知道箇中原因，有次阿苛給他看了，那張臉不知何疾潰爛不堪，實在無法見人。紀修儒安慰道，「回鄉後我一定找名醫為你診治。」

兩人都是第一次來古鎮，也不知道有什麼好玩的，只挑人多的地方走。不知不覺到了一間茶樓下，只見那茶樓高有三層，紅木結構，欄杆上盤龍附鳳，迴廊上描金繪彩，端的氣象萬千，正中掛著一塊金底的黑字招牌，寫著三個大字「清風閣」。此時正是華燈初上，人影憧憧，好不熱鬧。紀修儒抬腿就進，早有小二迎上來。

紀修儒要了一個雅間，小二帶領著他們上了二樓，推開雕花木門，轉過四大美人的屏風，正中放著一個紅木小几，兩邊是黃綢蒲團。小几上擺著幾件茶具，紀修儒看了就是眼睛一亮，拿起來細細品賞，不住地叫好。這邊已經有茶博士端著小几進來伺茶，紀修儒轉目向窗外看去，垂柳掩映住，一輪明月初升，令人心曠神怡。

這一夜紀修儒盡興而歸，阿苛雖然不飲不食，也無多言，看起來心情也是不錯。轉眼更鼓催人，紀修儒打點了茶錢，起身要回家。

他們剛走到樓梯轉角處，忽聽到隔壁傳來一陣哄笑，把紀修儒嚇了一跳。阿苛早三步併做兩步到了那間雅座門外，探頭向裡面看，又招手讓紀修儒過去。

紀修儒好奇心起，湊過去一看，這屋子有剛才的三個大，滿滿地擠著一屋子人，竟不是喝茶的，卻是在賭博。紀修儒一向對此沒興趣，轉身要走。可是桌子正中的一個瓷瓶吸引了他的注意，這個花瓶底色只是普通的白釉，奇就奇在上面佈滿了紅色的霧狀，這層紅霧十分均勻，看起來不像是燒到瓶子上的，倒像是輕輕繚繞在上面，吹口氣就能飄走。

這時紀修儒已經聽了個大概，原來設賭局的人已經輸光了家產，唯一值錢的東西就剩這個叫血霧的花瓶，現在押的是最後一局。這一局也算是豪賭，莊家約定，只要猜中他擲出的三個骰子的點數，就能贏得血霧，不然就算他贏。

此言一出，眾人不由得議論紛紛，猜中一個骰子的點數不是不可能，可是一起猜中三個，只怕難比登天。可是血霧這個賭注又太誘人了，一時間都沒了主意。半晌後，有膽大的人去押了一注，只猜到兩個，血本無歸。有人帶頭了，陸續就有人跟上，沒一會兒工夫，血霧已經為主人賺回不少銀兩。眾人都不肯出手，執觀望態度。

莊家看沒有什麼油水了，就起身要收拾東西。這時突然有人叫道：「我來賭。」紀修儒嚇了一跳，說話的人不正是阿苛。

沒等紀修儒阻攔，阿苛已經坐在莊家面前，從懷裡掏出一個錢袋，向桌上一擲。紀修儒一見大驚，這錢袋是他的，怎麼到了阿苛手裡。他不敢相信自己的眼睛，哆哆嗦嗦向懷裡亂摸，哪還有錢袋的影子。

紀修儒氣得渾身直顫，要知道這可是他的全部身家性命，不只如此，還有其他死難的同伴的錢，他是要一一送上門去的，如果輸在這裡，還讓他如何有臉見人。

那邊已經有人拿過錢袋數錢，紀修儒漲紫著臉上前要搶，卻被人群夾在其中，寸步難移。他氣得怒罵道：「好你個阿苛，我救你性命，你就這樣以怨報德！」

阿苛似乎充耳不聞，只是穩穩地坐在那裡，向莊家舉手示意道：「你擲點數吧！我準備好了。」

莊家想不到還有一條大魚，喜出望外，把手在毛巾上擦了一下，這才鄭重的拿出三個骰子，罩在竹筒下搖晃起來。片刻，他猛的把手中的竹筒向桌上一拍，大喊一聲，「好！」

紀修儒的一顆心都提到喉口了，他瞪著阿苛眼睛直冒火。阿苛依然不動聲色，露在外面的一隻眼睛平靜如水。

「請吧！」莊家急於結束，催促道。

「三點，五點，六點。」阿苛不疾不徐地說道。莊家臉上露出一絲喜色，得意地把手中的竹筒一抬，可是轉眼間臉上的笑意就凝固了，那三個骰子可不正是三點，五點，六點。他似乎不敢相信自己的眼睛，揉了又揉，依然沒有改變。

阿苛不客氣地挺身向前一探，已經把血霧和錢袋拿到手裡。拉著昏昏噩噩的紀修儒回到客棧。

紀修儒徹夜無眠，他把血霧抱在懷裡，隔一會兒看一下，不敢相信這件稀世珍寶會落到他的手中。總算捱到天亮，紀修儒急忙去阿苛的房裡，想找他問個究竟，昨天他的行事有些太過古怪了。可是不管紀修儒怎麼敲門，阿苛始終房門緊閉，不得已店家讓小二從窗子翻進去。原來門被反鎖著，床上卻不見阿苛的影子。奇怪的是，床上的褥子溼答答的，好像吸足了水分。

紀修儒只得獨自回到家中。這一趟生意為他賺了本錢，不知怎地他好像走了好運，再做什麼生意都賺錢，大把的銀票收進來，紀家成了當地的大戶。

可是，雲霧山和阿苛成了紀修儒心裡的一個結，時時糾纏，讓他不得安生。後來他的家人找來了個通靈神醫，這才算解開答案。

原來阿苛是跟雪娘娘一樣的山怪，他是雪童，又叫沙利通，只有一隻眼睛，會讀心術，所以能輕意看出莊家要搖出的骰子點數。本來他也是雪娘娘的幫兇，要害商隊裡的人，可是沒想到遇上紀修儒，不顧自己性命來救他。阿苛做妖已有幾百年，從來沒受到過這樣的關愛，竟然被感動了，在草屋裡他搶下紀修儒的飯菜，不過是因為那已被雪娘娘下了迷幻藥，所以半夜時分紀修儒還能保持清醒，不致脫衣裸身到雪地上送死。其後紀修儒不離不棄，還要帶阿苛回家，阿苛心裡是願意，可是他也知道，自己是雪童，離開雪山太久就會化成一灘雪水而亡，這才用法力為紀修儒得到一件寶物後離開了。

紀修儒知道這一段淵源後，對血霧更是珍視，告誡後人，無論如何不能出手，只要血霧在，就能保家宅平安。從此血霧就在紀家一代一代傳下去。

「因為這個，你就認識了血霧？」夢言越聽越好奇，忍不住追問道。

「我說過，這個不是真正的血霧。」紀憶嘆了一口氣，「如果我的祖先們也知道就好了。」

「什麼才是真正的血霧？」夢言問。

「真正的血霧，只是一件漂亮的瓷器，不會有那樣多的怪事發生。而這個血霧，連當初那個雪童阿苛都不知道，它本是一件不祥之物。」

「怎麼會？不是說是一件寶物嗎？」夢言不明白。

「以凡俗之眼看來，燒出一件血霧的瓷器，當然是燒出了一件寶物。而這種瓷器因為難得，確實也值不少錢。但是我曾祖父得到的，並不是一件真的血霧，它不是燒出來的，而是妖物幻化而成。」紀憶神色鄭重地說。

「妖物！」夢言尖叫了一聲，往後一閃，差點摔倒，被紀憶扶住了。

「是啊！這件假的血霧，本來是存放在雪山。也正因為這樣，才會被人看做是無價之寶吧！」紀憶嘆了一口氣。

「為什麼？這和雪山有什麼關係？」

「因為傳說中的雪娘娘，根本不可能珍藏任何東西。這個世上，沒有比雪娘娘更富有的人了。聽說過冰淚石嗎？」紀憶問。

「就是那種一顆價值十幾億美元的寶石？」夢言問。石磊做為一個收藏愛好者，曾經向她提過。

紀憶點了點頭：「冰淚石，其實就是雪娘娘的眼淚。她的每一顆眼淚，都會變成那樣一顆寶石。這種寶石很亮，很冷，很難得。」

「怪不得，那她當然富有了。」夢言想起了自己這些天來委屈的眼淚。如果她的眼淚也能變成冰淚石，可比雪娘娘富有多了。

「但是雪娘娘從來不哭。」紀憶忽然說。

「不哭？那還有什麼用？」夢言又不明白了。

「她也哭過，可是那是很多年前的事啦！」紀憶又嘆了一口氣。

夢言設想起雪娘娘哭泣的樣子，一個白得像雪，冷得像冰的女子，哭起來一定很美吧！

「她哭，是因為她遇到了囚牛。」紀言說。

「囚牛！」夢言又驚叫了一聲。因為她知道囚牛是誰。從她很小的時候，就聽到過囚牛這個名字很多遍。那個時候外婆還很年輕，經常在睡夢中叫著這個名字。她曾經問過外婆囚牛是誰，外婆總是一句話也不話，愛憐地撫摸著她的頭。可是外婆眼睛裡的憂傷，卻是濃得怎麼也化解不開。

「我知道妳也聽過這個名字。妳外婆對妳說過嗎？」紀憶問。

「沒有。」夢言搖了搖頭。

「囚牛是一條龍。」

「龍？」夢言感覺他這一天都是在聽神話。

「沒錯，傳說中龍有九個兒子，其中的大公子，名字就叫囚牛，他是妳的外公。」紀憶說。

夢言張大了嘴。她的外公是一條龍，怎麼會！好半晌她才問出聲來：「你又怎麼知道？」

「因為雪娘娘，她也是我的外婆啊！」紀憶說著伸出一隻手來，握住了身前的茶杯。杯子裡的茶水嘶嘶作響，冒出騰騰的白氣，不一會兒，成了一塊冰坨。

夢言覺得自己全身都要虛脫了。她無力地問道：「雪娘娘又怎麼會是你的外婆？」

紀憶微微一笑：「現在已經有三個故事了，妳要聽哪個？」

第一個故事，外婆為什麼會為了囚牛落淚。第二個故事，囚牛又為什麼會是夢言的外公。第三個故事，雪娘娘為什麼會是紀憶的外婆。

夢言一時不知如何是好：「我累了，我想睡一會兒，明天你全都告訴我，好嗎？」

說完又有些不好意思地加了一句：「今晚你別走，留在這裡陪我……不不，我不是那個意思。」

紀憶笑著點頭：「我知道。我會坐在這裡等妳醒過來。放心吧！有我在，不會有任何危險。」

夢言放心地回到房間，很快就睡著了。她夢見了外婆，夢見了雪娘娘，夢見了一條龍，夢見了石磊，還夢見了紀憶。這一切的一切，在她的夢裡演出著一場紛亂的雜劇，讓她的腦子亂得不可開交，直到第二天睡醒時，頭還在疼。

「是你？」睡夢初醒的夢言，聽到紀憶在客廳裡叫了一聲，好像很詫異的樣子。只是過了一小會兒，卻又聽到了紀憶的聲音：「我早就應該想到你會在的。」

是來了什麼人嗎？可是夢言不想起床，她太睏了，想再打個盹。在這幾分鐘內，客廳裡再也沒有傳出任何聲音。怎麼會？不是應該還有一個人嗎？夢言猛地坐起身來，一個不祥的預感進入了她的心裡。會不會紀憶也像石磊，就那樣再無聲息地消失了？夢言惶急地叫了起來：「紀憶！」

紀憶出現在房間的門口。夢言注意到，他的手裡拿著一束花，一束鐵百合。

「醒了？睡得好嗎？」紀憶問。

夢言穿著睡衣掀開被子，一雙腳找到了拖鞋。

「誰來了？」她睡眼惺忪地問。

「沒……沒有誰。」紀憶說。

「有一個人，我知道，雖然我看不見。是不是有人來送花了？」夢言聞著那花香，想起了花店老闆娘佩佩的話──有一個人，陪著她和石磊一起走出了醫院，每天都到花店買一束花送給她，自稱是她的看護。這個人已經有好幾天沒有出現過了。

紀憶沒有說話。夢言能看見他的表情，那表情告訴她，她猜對了。

「樓下的花店已經打烊了。這是剛採回來的花。」紀憶把花遞了過來。

夢言接在手裡，用力地嗅著。想不到這個地方還能採到鐵百合。花香是清幽的，花瓣上還帶著露水珠。此外夢言還聞到一股很熟悉的氣味。她說不出來那是什麼，有些像安娜夫人家裡的氣味，還有些像她在夢裡經常聞到的氣味。很親切，很柔和，讓她的心裡很平靜。這究竟是什麼呢？

「我知道妳想問是誰送來的花，不過還是不要問了。妳不是要聽故事嗎？我就說故事給妳聽，好不好？」紀憶像哄孩子一樣地說。

夢言點了點頭，開始聽他的下一個故事。

血霧離開紀家的故事

當年紀修儒一共有三個兒子，他最喜歡的是小兒子紀賢。轉眼間紀賢已經十八歲，生得玉樹臨風，還有一身好文采，在當地是有名的才子。當時紀家已是當地首富，像紀賢這等人才，求親的都踏破門檻了。可是紀賢的眼光高，不管是名門閨秀還是小家碧玉，沒有他看得上眼的，不由得紀修儒心裡著急。

紀賢被逼婚得不耐煩，索性離家幾日躲清閒，跟父親把讀萬卷書行萬里路的話講了一遍，討些盤纏，就出門訪友去了。紀賢一路信馬遊來，走了有半年，不知不覺到了塞外。塞外風光自然與江南不同，到處冰天雪地，別有一番韻味。紀賢走走停停，就到了雲霧山腳下。從家裡出來時，老父親一再叮囑，哪裡都可以去，就是不要去雲霧山。可是年輕人好奇心重，越不讓他去，紀賢心裡越癢，這次與其說是撞來的，不如說是找來的。

紀賢在山下找個住處，就打聽著要進山去玩。他肯出錢，自然有人肯賣命的。有個姓張的獵戶找上門，自告奮勇要帶路，談好價錢，又照張獵戶的要求備好物品，兩個人就出發了。

天公作美，紀賢進山選了一個好日子，風和日麗，平日裡猶抱琵琶半遮面的雲霧山，難得露出一張乾乾淨淨的白臉兒來。兩個人走得輕鬆，中午時分就到了半山腰。張獵戶就地起灶燒些雪水充飢，紀賢無事做信步走出來。

他瞇著雙眼四下看，張獵戶囑咐過了，這裡四下都是白，盯著看久了會得雪盲。紀賢就只挑帶顏色的看，無奈放眼天地一片白，就連天上撕撕扯扯的都是白絮一樣的雲。他狠吸一口氣，涼澈心脾。正在這時，紀賢突然覺得眼前跳過一團火，他凝神一看，原來不知何時雪地上多了一隻紅狐狸。這隻狐狸長得煞是好看，火紅的皮毛沒有一根雜色，光潔可鑑。牠看到紀賢不急著跳走，卻把一雙綠色的鳳眼死死盯住他，紀賢只覺得心裡一蕩，恍然間那片綠化成一面湖水，清心可人，微波輕蕩。他一步一步向那湖心走去……

一道寒意襲來，紀賢打個冷顫回過神來，再看那紅狐狸的眼中一片冰冷，他回頭一看，不知何時張獵戶站在他的身邊，舉著火槍正瞄準。紀賢猛然向張獵戶身上一撞，槍聲響起，激起一片雪霧，那團紅火苗卻三跳兩跳不見了。張獵戶不由得埋怨起來，「難得這麼好的皮色，就白白給走掉了。」

紀賢只得好言相勸道：「總歸是一條性命，還是不傷的好。再說你這一槍過去，皮都打爛了，也不值什麼。」無奈張獵戶說起沒完，紀賢為了耳根清淨，乾脆又丟給他些錢，算是買個消停。

兩人順利地進得山去。到了村子裡，張獵戶就帶著紀賢進了一戶人家。紀賢進門就一皺眉退了出來，那屋裡不知是什麼氣味，又酸又臭，直沖人腦門。

原來這山裡的習俗如此，冬天都要積些酸菜，外面天寒地凍，都關著門窗，家家味道如此。村子又沒有客棧，一時間倒不知如何安排紀賢。還是有人出主意道：「帶他去程家。」

程家是當地的大首富，三進的大院子，庭院深深。程萬里三十上下的年紀，白淨臉，滿臉斯文。跟紀賢倒是一見如故，二話不說留在家中。

程萬里悶在家裡正無趣，突然來了個能說得上話的，自然開心。每天好酒好菜招呼著，還讓人尋那山裡難得世面不見的珍奇野味給紀賢嚐。兩人投緣，就結拜了異性兄弟。話說至此，程萬里又給紀賢引見一人，是他的胞弟，名叫程千尋。程千尋跟紀賢年齡相仿，只是身材略顯瘦弱，是個清秀少年。轉眼間半個月過去，紀賢有些待不下去了。

來雲霧山不過是為了獵奇，要是住了這麼久不見異樣，吃也吃膩了，玩也沒得玩，紀賢就想出山。程家兄弟可是捨不得，尤其是程千尋，纏著大哥想辦法留下紀賢。

程萬里苦笑道：「腿長在他身上，他想走我怎麼留得。要不說這裡也確是無趣，每天對著這一片冰天雪地，紀老弟是花花世界過來的人，難為他了。」

程千尋不甘心，轉一眼珠說：「外面有外面的好，這裡也有外面沒有的新鮮玩意兒，紀兄再留幾天，小弟給你開開眼界。」

原來程千尋有個絕活，就是做冰雕，這還是幾年前去黑河跟那些藍眼睛的人學的。別說紀賢生在江南，就是塞外的人也少見這種絕活，紀賢哪裡肯走。

程千尋收拾了一個小跨院，讓下人把取來的大冰塊搬進去，就開始動工了。紀賢沒事就待在院子裡看程千尋做冰雕，閒下來三人就圍爐飲酒，談天說地。七天過去了，程千尋的冰雕也有了模樣，看似一個少女的輪廓，身段婀娜，就是面目模糊不清。

這天正是十五，月亮又大又圓，三人飲罷正要起身回房休息，程千尋突然端起酒壺又給紀賢斟滿一杯，說道：「紀大哥，我的冰雕明天就能完工了。我是盼著把它做好，又怕它做好。做好了能哄大哥展顏一笑，可是只怕再也留不住大哥了……」程千尋說著眼圈一紅，竟要落淚了。紀賢一時不知如何說起，只得把酒一飲而盡。

第二天一早，紀賢就來到程千尋的小院。院門半開，他推門一看，不知何時院子裡的冰雕上蓋了一塊紅綢。紀賢上前一扯，紅綢飄落下來，一個冰美人出現在他的眼前。原來程千尋已經連夜把冰雕做好了，這張臉十分精巧，柳眉、杏眼、桃腮，十足的美人兒。尤其是那雙眼，似嗔似喜，說不出的動人心魄。紀賢看得都呆了，心裡想，就是死在她的腳下又有何難。

程家出了一件稀罕物，一傳十，十傳百，一時間四鄉八鎮的人都得知了此事，有些好事的就找上來看。程萬里乾脆讓人把冰雕移到前院的影壁後面，任人觀賞。這一熱鬧倒把紀賢給留下了。

這一夜正是月圓，紀賢和程家兄弟喝完酒，就各自回房了。不知怎地紀賢翻來覆去就是睡不著，突發其想，不知夜裡看那冰美人是何等美麗。他索性披衣出了院子，月華如洗，院子裡銀光一片，冰美人獨立在那裡，眼神中竟多了幾分落寞。紀賢不由得看著心裡一動，死死盯住那雙眼，恍然間那片晶瑩幻化成一片湖水，清心可人，微波輕蕩。他一步一步向那湖心走去……

湖水慢慢向兩邊分開，湖心現出一片建築，亭臺樓閣一應俱全，再看紅狐狸早不見了蹤影，小橋上卻多了一個白衣女子。就算紀賢見過世面，也被嚇得心神一蕩，這個女子的眉眼絕世無雙，世上竟無一詞能形容。白衣女子嫣然一笑，身上的白袍突然滑落，露出一身如雪冰肌，紀賢再也把持不住，疾步跑上前去……

紀賢在湖底一住就是三天，這期間不管他怎麼問白衣女子，她都只是笑而不言，紀賢無奈，只好說道：「我不管妳是人是妖，都要娶妳為妻。我家有老父不能久居，妳跟我到人世吧！」

白衣女子聞言垂淚道：「我就知道你會這樣說，只是沒想到來得這麼快。我出生時就受到詛咒，永遠不能離開這裡。你若是真的愛我，就把我忘掉，這三天發生的事就是你的夢，不要跟任何人提及，你能答應我，我才能讓你活著離開。」說完白衣女子緊緊盯住紀賢的眼睛，紀賢不由得打了一個寒顫，只好點頭應允。白衣女子撲到他的懷裡，淚水撲簌簌的落下來，打溼了他的衣襟。紀賢心頭一緊，把她用力地抱住。這時他突然覺得脖子一痛，用手一抹滿是血跡，原來白衣女子剛在那裡咬了一口。

沒等紀賢問話，就覺得一股強大的力量拖著他向上浮起，穿過重重水氣，他見到了久違的陽光。這時一個很弱的聲音從他身後傳來：「那是我留給你的紀念，你要記得，把我和這三天的事完全忘掉，不要跟任何人提及，保括你最親近的人……」

紀賢是天剛黑時被人發現的，他倒在村子的古井邊，人事不知。村民就把他抬回程家，千尋百般施救，半晌才見他悠悠吐出一口氣了。村裡的人見他大難不死都很吃驚，圍著他看稀奇，紛紛問個不停。紀賢這才知道自己已經失蹤十餘天了，程家兄弟命人四處尋找都不見蹤影，還以為讓野獸害了性命。

紀賢想起白衣女子的囑託，閉口不談這三日發生的事，只推託頭暈，說被一陣狂風捲走，什麼也不記得了。等人散了，紀賢才掙扎著起身，他說要洗臉，命人打來一盆清水，現在對著水中一照，脖子上的傷口竟然已經癒合了，只是留下一道淺粉色的疤。

紀賢知道自己遇到了邪門的事，本想早點離開，可是不知怎麼就覺得全身無力，當夜發起高燒，要不是千尋衣不解帶日夜護理，配藥調理險些就把命送掉。在高燒的折磨下，他輾轉反側，耳邊不停的響著輕輕的啜泣聲，他知道，那是白衣女子在哭，可是不管他怎麼用力睜眼睛，也看不到她在哪裡。紀賢整整病了一個月才起床，等到他能拄著枴杖出來曬太陽時，已經到了春天，冰雪消融，除了遠處縹緲的雪山依然白茫茫的一片，到處都能看到綠色的生機了。

他已經做好了離開的準備，只等來個過路的商隊能捎上他。這天他吃過早餐，就慢吞吞地出了門，想到處轉一下。剛到院外，就聽一陣一陣的熱鬧，大家都往一個方向跑著。紀賢好奇叫住一個孩子：「出了什麼事？」

孩子急匆匆的答道：「雪兒姑娘又在招親了，每年這個時候她都要招一次親，如果選不到合適的人，就等下一年。」

紀賢在村子裡住了也有近一個月了，從來沒見過雪兒姑娘，可是看樣子應該很熱鬧，他就緩緩地跟上去。雪兒姑娘的家住在一個懸崖邊，紀賢爬上山坡時，那裡已經圍著不少人。紀賢擠在人群中，把事情的經過聽了個大概。原來這個雪兒姑娘是獨生女兒，只有一個又聾又啞的媽媽一起過活，她從十六歲起每年招親，因為條件太過苛刻，一直未能擇到如意郎君。現在她已經二十歲了，不知道今年能否如願。

紀賢往前擠了點，就看到兩座山間的鐵鎖橋，這是山裡人過山的通道，下面是萬丈深淵，看一下都讓人心驚膽寒。這個雪兒姑娘招親只有一個條件，就是她親手打一個結在應徵人的手腕上，只要他能平安地滑到對面，就算是有緣人。可是這個結卻大有講究，都說雪兒姑娘會打兩種看起來一模一樣的繩結，一種是死結，不管怎麼掙也不會開，一種是活結，不一會兒就要散掉。人能不能滑過去，全憑這個不起眼的繩結。而這個人的命運，無疑是掌握在雪兒姑娘的手中。

已經有大膽的人湊上前去，叫著雪兒的名字。只聽毛屋的門吱呀一聲打開，走出一個紅衣女子，紀賢不由得看直了眼。如果說白衣女子像脫俗清新的雪蓮花，那雪兒姑娘則是一朵豔麗的牡丹，那種華麗雍容的美，竟然看起來不像個鄉野女子。她垂下眼簾，又長又濃的睫毛遮住一潭秋水，嘴角輕輕一抿，兩個深深的酒渦出現在雙頰。紀賢這才明白為什麼這麼多的人甘心受她的擺佈，一次又一次地來涉險。

雪兒姑娘不慌不忙走到吊橋邊，伸出纖纖玉手，拉過長索，這才轉身向人群微微一笑，輕聲說道：「開始吧！還是老規矩，不用我說了。」

馬上有個壯小伙子衝上前去，他顯然有備而來，大大方方把雙手往前一遞，任由雪兒姑娘用繩子繫住。紀賢墊著腳勉強能看到，雪兒姑娘打的繩節看起來平平常常，不鬆不緊，打好繩結就移步一邊，等著小伙子往對面滑。沒想到小伙子倒不自信起來，臉上僵僵的擠出一個笑，問雪兒姑娘：「是死結吧？」

雪兒姑娘面無表情地答道：「不知道。」

小伙子往懸崖下看了一眼，不覺頭上滴下汗來，又追問一句：「是活結？」

雪兒姑娘依然不動聲色，淡然地說：「你若是不放心就不要滑了。」小伙子猶豫半天，還是灰頭土臉地退了下來。眾人等了半天，沒看到熱鬧，不由得失望，齊聲哄笑起來，小伙子越覺得沒面子，把等在一邊的幾個人也嚇得不敢上前。紀賢正失望中，忽見一人分開人群走上前去，他倒是俐落，二話不說就伸手，雪兒姑娘也不多說，如剛才一般打了一個繩結，紀賢瞪大眼睛仔細看了，也沒發現有什麼不同。

這位漢子起身一躍，藉勢向對面滑去。就在他滑到一半時，突然繩結像抹了油一般，快速滑開。眾人齊聲驚呼，漢子的身體迅速向山澗墜下。就在已經落到一半時，他突然從袖中拋出一條長索，向吊橋上一探，藉著力把身體向上一勾，穩穩的落回到地面上，眾人看得瞠目結舌，原來這個漢子會功夫，怪不得那樣自信。

漢子受驚不淺，怒氣沖沖的走到雪兒姑娘面前道：「好狠毒的女子，竟然給我打了活結，要不是我功夫在身，只怕要葬身崖下了。現在我活著回來了，妳還有何話說，跟我走吧！」

雪兒姑娘嫣然一笑：「當初我說好，要滑到對面山頭才算贏，你雖然沒有墜落下去，可是卻跳回到這邊，這就是輸了。」奇怪的是，雪兒姑娘不卑不亢，幾句話竟然讓漢子無言以對，他有心再試，可是經過剛才的驚嚇，原來的勇氣竟然沒有了，只好退下一邊，恨恨道：「我看除了我還有誰敢跳。如果沒人再跳，就是我贏了。」

沒想到真讓他說中了，經過剛才那一場驚險，再也沒人敢來試，有人上前看看就縮回一邊。眼看著太陽一點點往山下去，漢子不由得意起來。雪兒姑娘也有些沉不住氣了，她用那雙大眼睛往人群中一掃，就落到紀賢的身上，向他招了一下手。

紀賢不由自主就走上前去，雖然他的腳不聽自己使喚，心裡卻明白，別說自己大病初癒，就是身體無恙也過不了這一關，還是不要送死的好。

可是雪兒姑娘不由分說就在他的手上打好了繩結，這個繩結看起來跟前兩個一般無二，紀賢的心撲通通跳個不停，他結結巴巴地說：「雪兒姑娘，我與妳無冤無仇，妳不會害我吧？我，我還是……」他想說我還是不跳了，可是不知怎地，眼前的雪兒姑娘似乎有些面善，讓他一時語詰，再細端詳，他突然想起為什麼這雙眼睛如此眼熟，這不正是那日在雪山見到的紅狐狸的眼神。等紀賢回過神來，他的身體已經被重重一推，整個人藉力向對面山頭滑去。他張大嘴，來不及叫出聲音，只聽到耳邊的風聲呼呼作響，人已經撞到樹上。

紀賢還沒清醒過來，就聽山那邊一片歡呼，他迷迷糊糊被人抬到雪兒姑娘的家中，這時他才知道自己已經過了這一關，成了雪兒姑娘的夫婿。

紀賢贏得美人歸，就如做夢一般，這陡生的變故顯然令程家兄弟措手不及，可是也無話可說，程千尋只能紅著一雙眼，站在路邊看著紀賢帶著新婚妻子回了江南。

紀修儒正思子心切，想不到兒子回來了，還帶回一個如花貌美的媳婦，哪有不樂之理。雪兒不只貌美如花，性格還極溫順，紀賢和她恩恩愛愛，日子過得合合美美。

只一件事，讓紀賢非常苦惱，就是雪兒總是追問他脖子上傷疤的由來。紀賢記得白衣女子的囑咐，始終不肯把實情說出，胡亂編了個理由，想不到雪兒竟查根問底，找出幾處疑點，只管追問。弄得紀賢不得安寧，經常藉故跟朋友廝混躲去外面。

這天有朋友送信，說家鄉正是桃花節，讓他過去賞桃花品美酒。紀賢本不想帶雪兒同行，正無計擺脫，恰臨出門母親身體微恙，雪兒只好留下。

桃花節果然熱鬧非凡，秀色滿眼。紀賢和幾個朋友走遍了桃花谷，才選了個涼亭擺下酒席。幾個人推杯換盞喝得正開心，忽聽遠處吵吵嚷嚷，原來是一個乞丐搶了點吃食，正被追打。紀賢看不下去，命人給了幾個小錢把人打發掉，又喚乞丐過來。那人身上的衣服早就看不出顏色了，一片一縷幾難遮體。看到有白花花的饅頭，那人話都顧不上說，搶過來就往嘴裡塞，看著就像多久沒吃過東西。紀賢不由得感嘆，問道：「敢問這位仁兄哪裡人士，怎麼淪落到如此田地？」

那人猛的停下來，呆呆地看著紀賢半晌，扔下饅頭轉身就跑。就這工夫紀賢已經認出那人是誰，急忙追上去，叫道：「大哥，你不要走，我找得你好苦啊！」

原來這個乞丐正是程萬里，那年紀賢離開後，突然連降三年大雪，整個村子的人餓的餓死，凍的凍死。程萬里帶著千尋逃難出來，無奈一路上遇匪遇賊，把家產散盡，只能乞討為生。

紀賢隨著程萬里來到他們寄身之所，推門進去，不見千尋，卻有個著布衣的女子站在院裡，一見紀賢早哭得泣不成聲。紀賢仔細一看，這才明白當日情由，原來千尋就是個女子。

紀賢一時感慨萬千，忙另找房子安頓這兄妹住下，又買衣服、買家具，忙了幾日，總算把家安下。千尋因為身分已暴露，跟那時待紀賢的態度完全不同，也不圍前圍後的叫大哥了，只是靜靜地一個人躲在房裡不出來。紀賢的心裡卻起起伏伏別有一番滋味，想來當日對千尋不是無意，只是不知她是女兒身，也算耽擱了一份良緣，想及此不由得長吁短嘆。

程萬里看在眼裡，把他叫到一邊說道：「紀老弟，不瞞你說，千尋對你情深意重，如果不是半路殺出個雪兒，她是非你不嫁的。如今我家道沒落，也沒有嫁妝嫁妹妹了，如果你不嫌棄，就讓千尋做你的外室吧！」紀賢嚇得急忙推託道：「不行，程兄，我不能委屈了千尋。」

那屋裡傳來千尋的聲音：「哥，你這樣為難人家，我可就要活不成了。你若再說這種話，我出家算了。」

紀賢一聽急忙分辯道：「千尋，我不是不喜歡妳，而是不忍心讓妳做妾室。」

千尋抽抽噎噎哭道：「罷了，罷了，我怎麼也配不上你，你不要再來了，讓我們自生自滅吧！」

紀賢失魂落魄出了院門，走出幾步，突然猛醒，如此一走只怕就要和千尋天人永別，再無相見之日了，想到此不由得心裡一陣陣疼。他再也忍不住，轉身回到程家院外，舉手剛要敲門，院門自己就打開了，千尋站在那裡，淚流滿面，紀賢把她擁進懷中。

從那日起，紀賢就在兩處奔波。在雪兒面前小心遮掩，在千尋這裡，則是真正的開心放鬆。

雪兒似有察覺，可是又抓不到把柄，心事逾重，人漸消瘦。她越發的多疑了，只要紀賢回到家裡，她就百般盤問，以致到後來若不是千尋苦苦相逼，紀賢都不肯回到家裡。

這日紀賢被千尋逼著回家看一下，一見雪兒他不由得心軟，月餘不見，雪兒已經瘦得不成人形，臉上蒼白得沒有一絲血色。往日恩愛種種湧上心頭，紀賢不由得細語相勸。

雪兒垂淚道：「我已經有了你的骨肉了。」紀賢一聽大喜，他雖然已經有兩房妻妾，可是膝下仍無一子。想不到雪兒臉上毫無喜色，接著說道：「你我成為夫妻也有幾年了，你卻從來沒有相信過我，如今我就要成為你孩子的母親，你能不能把信任給我，讓我知道自己在你心裡的位置，也好支撐著活下去。」

紀賢聽得心裡一悲，急忙哄道：「我當然相信妳，妳說家裡的房產、錢財哪樣不過妳的手，還要怎樣。」

想不到雪兒用手向他的脖子一指道：「我只想知道這疤的由來。」

紀賢一聽連連搖頭道：「我怎麼說妳也不相信，現在我只能告訴妳，這個祕密事關重大，不能說，妳就放過我這一次吧！」

雪兒竟然不再問，轉頭躺回床上，從那日起不吃不喝。紀家全家老少都急得如熱鍋上的螞蟻，尤其是二老，本來聽聞要抱孫子喜出望外，想不到兒媳竟然絕食，都逼著紀賢想辦法。紀賢不得已避到千尋處，不敢回家。

這日他想著離家已經幾日，雪兒應該已經把這事放下了，就偷著溜回家裡探望。

一進家門，就見父親繃著臉站在院子裡。紀賢賠笑上前，沒想到父親揚手就是一巴掌，要知道從小到大父親從沒有打過他，紀賢一時被打懵了。心裡也明白父親為什麼生的氣，悶頭就回了房。

雪兒面向裡躺著不動，紀賢突然怒從心頭起，大聲吼道：「妳不就是想知道我脖子上的疤怎麼來的嗎？好，我就告訴妳，那是一個妖怪咬傷的！」紀賢話音剛落，就覺得一陣冷風吹過，身體一陣發麻，撲通一下倒在地上，他張嘴想叫人，卻發現聲音小得像蚊子。

紀賢得了怪病，紀家上下人心惶惶。紀修儒請人尋遍名醫，大多說是中風，可是又並不全是，中風只是全身動不得，像他這般身體僵硬冰冷如冰卻是沒見過。紀賢生病後，最焦急的是雪兒，她到處找道士、和尚，說要給丈夫去邪祟。紀家人都惶惶不知所措，也就由著她折騰。可是紀賢的身體不見一絲好轉。

眼看著天熱起來，紀賢突然迅速消瘦下去，他的身體下出現大量的水漬，浸溼了幾層被褥。雪兒守在他的身邊，無計可施，只能每日以淚洗面。

這天一早，雪兒讓人幫著把紀賢身下的被子換下來，她抱起紀賢的身體，發現又輕了許多，已經跟幾歲的孩子相仿了，不由得悲從中來，泣不成聲。

「你到底要怎麼樣？」一個聲音從後面傳來，雪兒回頭一看，來人竟然是千尋。

「妳，妳怎麼來的？」雪兒驚訝地問。

「我帶她來的。」程萬里從門外轉進來，「我們不能眼睜睜看妳害死紀賢，雖然我們知道鬥不過妳，可是還是要爭上一爭。」

「你們到底在說些什麼？」聞聲趕來的紀修儒和紀夫人驚詫的問。

「現在也顧不了許多了，我就告訴你們實情吧！我和妹妹都是狐狸精。」程萬里嘆口氣說道。

「對，他們就是妖狐，要害我家相公。」雪兒跳起身叫道。

「妳不要含血噴人！雪妖，妳這個雪女還不現原形。」程萬里說完用手一指雪兒，瞬間雪兒已變幻容貌，竟然換了一個模樣。

「事已至此，我還是把事情的原委都說出來吧！」程萬里說道。

原來程萬里和妹妹千尋本是妖狐，因紀賢無意中救了千尋一命，至她魂牽夢縈不能自己。想不到雪女橫刀奪愛，嫁給了紀賢。

千尋久居雪山，對雪女的習性頗為瞭解，她有意中人後會同床共枕，然後百般恐嚇意中人不要把這件事說出來，讓他返回人間，自己再化人形來與他結為夫妻，可是當年那個祕密又成了折磨她的心結，又想要得到他的全部信任，又不想他背叛自己，兩個自我在一個身體內抗爭，而受折磨最後不得已吐出實情的意中人，最後卻要成為犧牲品。

千尋擔心紀賢的安危，不計前嫌找到他，想替他躲過一難，想不到雪兒還是下手了，用漸冰術制住紀賢，讓他化成冰人。天氣轉暖後，冰人融化，紀賢不日將失去性命。程氏兄妹只能找上門來。

紀家人一聽都跪地苦求雪女放過紀賢，雪女嘆道：「我本無意再害他，無奈他用情不堅，才有此惡果，此時要留他性命只有一個辦法，就是讓他跟我回到雪山。」紀家人此時已知厲害，想要救紀賢的命，沒有不答應的。

雪女卻又說：「我有兩個條件，我救他可以，他負心另娶，要給我個交待。」

紀家人面面相覷不知怎麼是好，千尋冷笑一下上前道：「事情是我惹出來的，命我還妳，妳要說話算數救回他。」說完把手向頸間一掃，寒光一閃，鮮血四濺，她萎然倒地，化成一隻狐狸。程萬里撫屍大哭。

紀修賢唏噓不已，又急忙向雪女道：「命已有人抵了，妳還有什麼條件？」

「第二個條件，就是你們紀家要交出一樣東西，有了它或許我母親肯饒了紀賢的性命。再說，它本是雪山之物，你們家只是偏得，借了一世的財也應該還了。」

「我知道妳說的是什麼，血霧。」紀修儒點頭嘆道。就在那天，雪女帶著紀賢和血霧返回雪山，再也沒人見過他們的下落。

第五章

「我知道了，你一定是雪女和紀賢生下的兒子，對不對？」夢言問。

「是啊！我是他們的兒子。因此我和妳一樣，都是血霧的守護者。」紀憶說。

「我們？血霧的守護者？守它幹嘛？」夢言又糊塗了。

「這是囚牛，也就是我們共同的外公生前的唯一願望。他覺得自己對不起這個假的血霧，所以留下了這樣的遺言。唉，也不知道他這是做對了，還是做錯了。畢竟這是一件邪惡的東西。」紀憶說。

「外公是一個什麼樣的人？」夢言問。她又想起了血霧中出現的紅衣女子，想起了雪娘娘，想起了自己的外婆。外婆年輕的時候，一定也很美的吧！這個龍外公，一定是和這三個女人全部發生了愛情故事。

「外公囚牛是一個龍子。而龍是一種不會自然死亡的生物。在他存在的上千年中，究竟有過多少次愛情，我並不知道。聽說他遇見我外婆的時候，還是五百年前呢！在那之後他離開了雪山。三百年前他又回來了，帶回了這個假血霧花瓶。他說這花瓶是一個人，已經快要死了，只有雪山上冰冷的環境，才能延緩她的生命。外婆的眼淚，可能就是在那個時候流得最多吧！她知道外公已經愛上了別人，還把別人帶了回來。儘管只是一個花瓶的樣子，可是誰知道在做為花瓶之前，她又有著什麼樣的美貌呢？而在那個時候，我的外婆還很美貌呢！就像她二十歲的時候一樣。雪山上的外婆，永遠也不會老去，可是她唯一愛過的人，已經愛上了別人。」紀憶輕輕地說著，像是回到了從前在雪山上的時光。

「再後來，外公就遇到了我的外婆，是嗎？」夢言問。

「應該是吧！那個故事，也許只有妳的外婆最清楚。我只知道，我外婆愛他愛得發瘋。後來終於把他騙回了雪山，讓他永遠留在那裡。」紀憶說。

「永遠？」夢言隨口問道。有哪一個女人，會不想把自己最愛的人永遠留在身邊呢？可是她就做不到。外婆因為一場大水離開了，故鄉因為一場大水失去了。無名島因為不知道什麼原因再也沒有了，連石磊都像是蒸發一樣地消失很久了。現在陪著她的只有一個紀憶。這是一個可以信任的人，可是她對他，並沒有一絲愛情，也不可能有。而且他們有著同一個外公呢！

「是啊！是永遠。外公也同意了。條件就是，留給妳一條特別的繩子。」紀憶說。

「繩子？什麼繩子？」夢言詫異。

「妳知道我的外婆為什麼會愛上外公？」紀憶忽然問。

夢言當然不知道。

「那是一種天生的吸引力。外公是一條冰龍，天生有著操縱冰雪的能力。他的身上總是散發著冰冷的氣息，對一個雪娘娘來說，這種氣息有著莫大的吸引力。」紀憶說，「外婆千方百計把外公留在了自己的身邊，外公覺得自己一點也不自由。而且，兩個人相處久了，發生了一件意想不到的事。」

「什麼事？」夢言問。

「外公和外婆同時發現，外公身上的冰雪之力越來越小了，這種力量全部來到了外婆身上。」紀憶說。

「那又有什麼？」夢言不以為然。真正的愛情，應該不會計較那種能力的消失吧！

「這樣一來，產生了一個很不好的後果。那就是，外公的身體越來越溫暖了。他和外婆的每一次身體接觸，都會給兩個人帶來莫大的痛苦。外公越來越怕冷，外婆則是越來越怕熱。這樣一來，外公再也無法在雪山待下去了。他選擇了離開。外婆為這件事苦惱了很久。她知道，一條沒有了冰雪之力的冰龍，很難再以原來的方式生活下去。無論是龍是妖，只要願意，那個時候，都能輕易地給外公帶來傷害。」

夢言點了點頭。按照紀憶的說法，當時的囚牛，相當於一個商品世界中沒有錢的男人，日子一定過得很苦。

「想不到在那之後，危險的事情並沒有在外公身上發生。兩百年後，他竟然發生了另一段愛情。」紀憶把目光投注到血霧的身上，「他愛上的，竟然是一個瓶女。」

「瓶女？」夢言不知道瓶女是什麼。

「瓶女是一種妖物，她的前身其實只是一些很普通的花瓶，農家很常見的那種。但是年深日久之後，她們會幻化成妖怪，用她們的美貌吸引身邊的男人，在床上吸光他們的精氣，把他們變成一具具乾屍。」紀憶說。

夢言看著血霧，忽然感到了一陣恐懼。他最擔心的一件事是：石磊是不是也已經被它變成了乾屍？

「外公就是愛上了這樣的一個瓶女？」夢言問。

「不，外公怎麼會愛上這樣的瓶女呢？」紀憶苦笑著說。

「瓶女是沒有心的，她們只知道害人，不會有真正的愛情。問題是，外公愛上的那個瓶女，她有了心。是那顆心，把她變成了血霧的樣子。也不知道是誰，把一個海蚌扔到了花瓶裡，使得這個瓶女，和別的並不相同。」紀憶說。

夢言知道他說的是什麼，因為她也見過那個紅色的海蚌。

「那個瓶女也不知道吸乾過多少男人的精氣，後來她碰上了另一個海蚌化成的妖怪。這種妖怪的名字，叫做蜃精。」

「蜃精又是什麼？」夢言問。

「就是多年的海蚌幻化而成的妖怪，它們都有著製造幻境的能力。」紀憶說。

夢言聽說過，海蚌長到足夠大的時候，稱為蜃。所謂海市蜃樓，就是這種海蚌用自己的能力幻化而成。

「這種蜃精沒有性別，但是可以根據情況選擇變化成男人或女人。他就是變成了一個男人，找到了瓶女。瓶女是很貪婪的，蜃精也是。」

夢言想起了那個海蚌的形狀，只有一張嘴。

「兩個妖物鬥了很久，終於蜃精敗在了瓶女的手下，被瓶女吞了下去。意想不到的事發生了。蜃精竟然沒有死，而成了瓶女的心。」

夢言怔怔地看著他。一個瓶女有了這樣一顆奇怪的心，會怎麼樣呢？

「瓶女有了這顆心不久，就遇到了外公，傾心地愛上了他。妖怪們的愛情，其實很簡單，只是因為一種原始的吸引力。蜃精是來自海裡，而外公根本就是一條龍，是海中的王者啊！瓶女用了她的心之力量，造出了很多美好的幻境，吸引著外公。終於他們全都墜入了愛河。時間一久，外公發現了，瓶女有著吸引男人精氣的壞習慣。外公勸她，勸不住。為了不使她繼續作惡，外公就趁她不備，把她打回了原形。變回原形之後的瓶女，不再是原來那個普普通通的花瓶，而是和蜃精合為一體，變成了現在的血霧。它不是真正的血霧，而是一個妖物啊！」

夢言又不安地看了血霧一眼，想起了被它吸走的乞丐的靈魂，想起了乞丐說的話——那天，島上發出一片紅光，紅得像血，紅得像霧……

血霧！一定是血霧造出的幻境，根本不是什麼煤氣洩漏！

「外公本想讓她就此消失，可是想起這些日子裡來的恩恩愛愛，猶豫了。他把假的血霧帶回了雪山，託付我的外婆，把她冰凍起來，讓她永遠不要受到傷害。」紀憶說，「再以後，就是外公和你外婆的故事了，那個故事我不清楚。但是當他再次來到雪山的時候，卻發現血霧已經丟過了一次。他知道那是外婆故意丟失了血霧，於是要求外婆把血霧找回來。」

「同時也就把你找回來了？」夢言想起那個血霧失而復得的故事。

「是啊！不過到我出生的時候，外公已經離開這個世界了。他讓外婆答應永遠保護血霧。同時同意送給妳那條紅繩。妳知道那條紅繩是什麼？」紀憶問。

夢言摸了摸自己脖子上的那條繫住神祕鑰匙的紅繩。手拉不能斷，刀砍不能傷，還能散發出冰凍的力量。這究竟是一條怎樣的繩子呢？

「這是一條龍筋。一條冰龍的龍筋。龍沒有了筋，就死定了。外公抽出了自己的龍筋，讓外婆轉交給妳。接受了這條龍筋，也就是接受了外公的遺願。因此守護這個假的血霧，也就成了妳的宿命。外婆知道自己上了當，她得回了外公的人，卻再也沒有得到他的心啊！」

「可是血霧又怎麼會再次離開雪山的呢？」夢言問。

「外婆知道真相之後，哭得很傷心。我們看著她就那樣一天天的消瘦下去，一天天地蒼老下去，看著她終於離開人世。我們不想讓外界知道這個消息，可是世上沒有不透風的牆，終於還是被別的妖物知道了。他們紛紛趕來雪山，奪取冰淚石，奪取傳說中的這個神奇的瓶子，假的血霧——他們以為這個瓶子很值錢呢！沒有了外婆，我們擋不住那麼多的妖物。一陣混亂的鬥法之後，大家都走散了，血霧也不見了。我獨自逃了出來，但我知道，他們是逃不出來的。父親一個凡人，怎麼能逃得掉呢？

其他的人全都沒有人類的血統，離開雪山，根本活不了多久。我想，血霧可能是自己離開的吧！瓶女在雪山待了兩百多年，她的法力應該已經慢慢恢復了不少。利用製造幻境的能力，她不但做到了自保，還在茫茫的人群中找到了妳。妳的脖子上繫著龍筋，有外公的氣息呢！」

怪不得夢言會得到血霧。怪不得那個老婆婆說是血霧選擇了她，怪不得那個老婆婆後來會消失。看來一切都是瓶女製造的幻象。哪怕她把血霧送給了石磊，血霧仍然能讓她巧合一樣地遇到石磊，並且嫁給他。一切的一切，只是瓶女的選擇，是瓶女在影響著她的人生。

家鄉沒了，外婆沒了，安娜夫人沒了，無名島沒了，石磊也沒了，她的眼睛也失明了，只能看到一個白茫茫的世界。說不定這一切都是瓶女幹的！不行，她不能讓一個妖物這樣操控自己的命運，哪怕是龍子外公的遺言也不行。夢言怒氣沖沖走向桌邊，一把抓起了那個花瓶，向地上摔去。

沒有瓷器破碎的聲音。花瓶在半空中翻了一個身，消失了，又重新出現在桌上。夢言傻眼了。她不知道如何是好。

「我該怎麼辦，你說我該怎麼辦？」夢言呆呆地問。

「我想，或者我們可以查一下瓶女究竟做過什麼，也許能找到答案。唉，外公留下來的可以說是一個遺言，也可以說是對我們的詛咒啊！如果不能解決瓶女的事情，也許我們世世代代都會生活在噩夢之中！」

瓶女做過什麼呢？夢言又想起了那個乞丐，那個無名島，那場被說成煤氣洩漏的災難，那個似乎消失了，又在電視上出現過的安娜夫人。

「我要回去無名島。我要看看，究竟發生了什麼事。」夢言說。

去無名島，也許就能找到安娜夫人。找到安娜夫人，就算無法找到與瓶女有關的線索，也算是拆穿了石磊的謊言。

透過電視臺，紀憶得知安娜夫人還住在原來的地方，雖然他們不肯提供地址，可是夢言卻能倒背如流，如果無名島不是像石磊說的那樣成為一片廢墟，那麼應該很容易就找到安娜夫人。

原來看似簡單的無名島之旅，突然變得難如登天。原來現在正是旅遊旺季，為了限制遊客大量湧入，破壞島上的自然環境，除了跟無名島的旅行社訂票，就不能登島。紀憶跟夢言一商量，去島上找安娜夫人是目地，至於怎麼去只是個形式問題。紀憶很快在旅行社最近的一個旅行團中訂了兩個位置。

第二天一早，紀憶和夢言就收拾好行裝，只等計程車的到來。紀憶帶了一堆大包小包，也不知道裝的都是些什麼。夢言問起，紀憶笑了：「好歹我也是個人妖結合的後代，在世上也闖蕩過幾年，總會有幾件降妖伏魔的家當吧！」

樓下傳來幾聲喇叭響，紀憶把肩包背好，扶著夢言下了樓。夢言好久沒有呼吸外面的空氣了，她眯著眼睛仰起頭，陶醉地深呼了一口氣。紀憶拉開車門，卻不上車，吃驚地問：「妳是誰？」車裡傳來一個熟悉的聲音：「這麼巧啊！我要去無名島旅遊，今天早上叫計程車，據說車輛有限制，要我跟同路的人一起搭車，沒想到是夢言。」

夢言迷迷糊糊坐進車裡，身邊的花香已經讓她明白，說話的人是花店的佩佩。過去在這裡住的時候，夢言跟佩佩很熟悉。

佩佩是個豐腴的少婦，粉嫩的一張臉，精緻的五官，整個人就像個熟透了的水蜜桃，掐一下就嫩得出水。本來夢言不喜歡佩佩的甜和膩，只是受不了她的熱情——似乎沒有人能抗拒她的熱情，加上她店裡的花新鮮價格又低，夢言幾乎隔兩天就要光顧一次。推開花店的門，佩佩身上的香味撲鼻而來，這是一種混和著百花的香，站在花叢中也不會減弱，卓而不群，又親切可人，夢言才不由得發自內心歡喜起來。佩佩穿梭在花叢中，把一束一束各色的花送到客人手裡，讓每個人都帶著迷離的笑容離開。這樣的一個人也不錯的，夢言這樣想到，可是總歸覺得差點什麼。

「哎呀，好漂亮的箱子。」佩佩跟夢言坐在後排座位，突然大驚小怪地叫起來。

「什麼箱子？」夢言問道，想伸手去摸，可是那箱子卻真真切切的出現在白光中，原來是裝血霧的那個特製木匣。

「是你/妳把它帶來的？」夢言和紀憶異口同聲地問道。夢言不記得她帶了這個箱子，紀憶也是。問過之後，他們同時又心裡得到了答案：是血霧自己要跟來的，甩也甩不掉。

計程車徑直把他們送到旅行社，停在門口的巴士上已經坐了很多人，紀憶已經瞭解清楚，這個團一共三十人，坐一天的巴士到島外最近的小鎮，住上一夜，第二天登島。

「介紹一下，這是我老公，這是夢言。」佩佩說著把夢言推了一下，夢言覺得自己的手被一隻大手握了一下。

「佩佩已經結婚了？」夢言很驚奇，據她所知她一直是單身的。

「這就是要跟妳和石先生學嘛！去無名島度蜜月。」佩佩的聲音越發的嗲了。

夢言回過頭去看紀憶，卻見到一張驚駭的臉，那模樣像見到鬼一樣。

「你怎麼了？」夢言小心翼翼地問。

「沒事，看到一個熟人。」紀憶心神不寧地說。夢言用力睜大眼睛，可是什麼也看不到，她想，也許是紀憶曾經的戀人吧！這樣想的時候心裡竟然有些酸酸的。

夢言在紀憶的幫忙下上了巴士，她登時呆在那裡，眼前的情形恍若隔世。從出事以後，她的眼前就是一片白光，除了偶爾能見到的幾個人外，世界對她來講就是無形的，可是就在現在，這些突然就回來了，讓她以為過去那段日子不過是一場噩夢。

巴士上坐滿了人，形形色色的人，夢言幾乎是貪婪地盯住他們。並肩坐在一起的那對老夫婦，花白的頭髮，相似的面孔，微微發胖的身體，彷彿歲月把他們重新組合一下，更像一體了。還有那對新新人類，亂草般的頭髮，亂七八糟的衣服，平日裡夢言多半是不屑一顧，此時看來卻是那樣的親切。

「妳沒事吧？」紀憶關切地問。

「沒事。」夢言慢慢向前走去，突然可以用眼睛看，而不是憑感覺，她有些不適應。

「快來坐我這裡。」聲音是佩佩的，可是夢言並沒有看到那張臉。尋著聲音找過去，在巴士的最後一排有四個空位。佩佩和她的先生應該就坐在那裡，夢言打了一個寒顫，這就是說她依然只能看到一部分人，確切的說應該是妖怪，那麼這車上的都是什麼人？

她恐懼地回頭看過去，正好有個中年男子轉回頭來，他四十左右，微禿的額頭光滑得站不住蒼蠅，一雙小眼睛陷進肉裡，卻精光四射。夢言跟那目光撞了一下，就覺得渾身發涼。她慌亂地轉過身，用手死死捉住紀憶。紀憶小心翼翼地把她扶到靠窗子的位置坐好，又起身把包包放進上面的行李箱，這才坐到夢言的身邊，低聲問：「我覺得妳臉色不好。」

「沒事，有點暈車。」不知為什麼，夢言不想跟紀憶說出她能看到車上的人，好像這話一出口，就再也不能回頭了。

導遊小姐上車了，這是一個二十歲左右的女孩子，合身的制服勾勒出曼妙的身材，一雙大眼睛像能讀透人的心事。司機是個大鬍子男人，背影厚得像隻熊。

夢言無心聽導遊小姐的講解，她的心裡只有一個念頭，等待她的將會是什麼呢？

一路上佩佩的嘴都沒閒著，夢言定定地盯著佩佩的方向，突然覺得很滑稽。那些有形的人沉默異常，這個無形的人卻不停地發出聲音。如果她沒有猜錯的話，這車上只有夢言，佩佩和她的先生三個是人類，現在連紀憶都那麼可疑。

旅途很漫長，導遊小姐講解了一會兒就停下來。車上的人可能都起得太早了，很快就昏昏欲睡。

窗外依然是一片白光，夢言只能盯著車裡的一切發呆。

「睡一會兒吧！」紀憶體貼地說。夢言只好聽話地闔眼睛。

突然，她覺得有異樣，平時就算她閉上眼睛依然是一片白，可是現在怎麼是黑的了。她睜開眼睛，不知何時掉進了一個黑暗的世界，深手不見五指，她從沒有經歷過的黑暗，沒有一絲光。

「紀憶……」夢言顫抖著聲音叫道。

「我在，別怕，是車在過隧道。」紀憶緊緊握住夢言的手。

「我怎麼覺得不對……」夢言說到這裡有些後悔，急忙停下來。

「哪裡不對？」紀憶追問道。

「沒事，我有點暈車。」夢言隨便找了一個理由。

「等過了這一段我給妳找點藥。」紀憶把夢言擁到懷裡，輕撫著她的背，夢言的身體依然僵直著。這個隧道似乎過於漫長了，她也想起來有什麼地方不對。過去她坐車也有過隧道的時候，那時也很黑，可是依然有些光，車上的儀錶或是什麼，都會微微發亮，可是現在什麼也沒有，這是一條什麼樣的隧道，通向哪裡呢？

車身突然劇烈的搖動一下，又是重重的一顛，夢言覺得身體被拋上去，又重重的摔回到座位上。車箱依然在黑暗中，空氣似乎凝固了，每個人都摒著呼吸等待著什麼。

光明是突然出現的，夢言下意識的閉上眼睛。

「開門了，門打開了！」車上有人叫喊著，更多的聲音加入進來，大家跳起來，相互祝賀著。夢言瞪大眼睛，無所適從地望著紀憶，他的臉上看不出表情，可是顯然他也不知道發生了什麼事。

車又平穩地行駛起來，夢言轉向窗外，差點叫出聲來，她看到了，她什麼都能看到了。可是她看到的景象太奇怪了，一切都顯得那樣熟悉，又是那樣陌生。樹木、小河、草地、花朵、建築，還有人、動物……所有的一切告訴她，這是一個她曾經待過的地方。這是哪裡？是無名島嗎？真的很像。唯一不像的是，一切都是白色的。白色的樹，白色的河，白色的草，白色的花……泛出陣陣寒氣。

「這是什麼地方？」佩佩叫起來，「導遊小姐，我們是要來這裡？我怎麼覺得不對！」

「這是我們這次旅遊的第一站，夢鎮。」導遊小姐禮貌地微笑著，夢言卻從她的臉上捕捉到一絲掩不住的快樂。

「夢鎮是什麼地方？沒聽說過，我怎麼不記得有這一站。」佩佩不依不饒地說。

「妳知足點吧！這裡五百年才能開一次門……」大鬍子司機嗡聲嗡氣地說，導遊小姐馬上狠狠地瞪過去，大鬍子急忙閉上嘴，俯身忙碌起來。

夢鎮，什麼叫做夢鎮？

「我好像回家了，」紀憶說，「這根本就是雪山的一部分。」

「五百年開什麼門？」佩佩說著起身就向外擠，想拉住導遊小姐問個究竟，可是車子裡的人突然緊密得像銅牆鐵壁，任她使盡力氣也擠不過去，只能眼睜睜看著導遊小姐大搖大擺地離開。其他的人也都往門口擠，可是他們都停住了，驚恐地看著車門。就在車門的臺階上，立著一個血色的花瓶，散發著陣陣霧氣。竟然是那假的血霧，是瓶女，她要幹什麼？

夢言回過頭來，身邊的箱子果然已經打開了，瓶子是什麼時候過去的呢？她要擠過去看個究竟，可是被紀憶拉住了：「小心！」

車上的人群猶豫了一會兒，終於向車門衝了過去，擠著撞著，一個挨著一個。

「不要去！」紀憶大聲地叫著，可是很少有人聽見他的聲音，或者根本不理睬他的叫喊。

一個人走進那團紅色的霧，不見了。又一個人走進去，不見了。最後留下來的，除了夢言和紀憶，竟然只剩了六個人：夢言、紀憶、佩佩、佩佩的老公、剛上車時和夢言四目相對的禿頭男人、一個戴著大口罩的女孩。

六個人一起緊張地看著那個詭異的花瓶，直到看見它扭曲了一下身體，似乎是伸了一個懶腰，很滿意的樣子。

紀憶長舒了一口氣，走過去拿起花瓶，恨恨地說：「好了，它又吃飽了！」

這個花瓶，竟然把那些人全部吃掉了?!

紀憶之外的五個人，全部目瞪口呆。而夢言比其他四個人，更多了一份難以克制的驚訝和衝動。因為她看見了佩佩的老公。這個人，竟然是失蹤了很多天的石磊！這又是怎麼一回事？怪不得紀憶第一眼看見他的時候會有那麼大的情緒波動。

可是石磊卻淡然地看了夢言一眼，什麼話也沒有說，連表情也沒有一絲的變化。

夢言知道，石磊不可能有這樣高明的演技。難道說這個人不是石磊，只是長得相像的另一個人？

可是也實在長得太像了！

夢言和紀憶是最後下車的，他們的腳剛著地，巴士就嗖地一下竄出去，消失在暮色中。他們就這樣被丟下了。

禿頭男人和戴口罩的女孩迅速地離開了，好像在逃避著什麼。這樣一來，就只剩了夢言他們和佩佩夫婦傻傻的站在那裡發呆。

第六章

就算是變成了白色，到處都是冰冷的空氣，就算是地上的花草一碰就變成了細碎的冰渣，夢言仍然很熟悉這個地方。這裡的房子，這裡的超市，這裡的廣場，廣場上變成冰雕的鴿子，以及通往安娜夫人家中的路。她想了一會兒，帶頭向前走去，另外三個人跟在後面。

「妳要去哪？」紀憶快走兩步跟過來問。

「安娜夫人的家。」夢言回答。

「妳認錯路了，這裡不是無名島。」紀憶說。

不是嗎？可能真的不是吧！導遊小姐說過了，這個地方叫做夢鎮。紀憶也說過了，這個地方是雪山的一部分。可是不管這裡是什麼地方，夢言都決心去那裡看看。那裡那樣像安娜夫人的家，說不定她真的就在那裡呢！她又想起了安娜夫人慈祥的微笑，想起她那鋼琴上美妙的音樂，想起迴廊上的籐椅，想起那些溫馨的下午。希望她在，真的希望她在。

「那裡是外公住過的地方。」紀憶說。

「外公？」夢言回了一下頭。

「是啊！外公在回到雪山以後，就一個人住在那裡，總是不出來，一待就是一整天。」紀憶說。

那麼，這太奇怪了。夢言想不通，也不想想通，仍然執拗地向著那個方向走去。每走一步，她就更相信安娜夫人就在那裡。安娜夫人那所像小花園一樣的院子出現了，當然，是白色的。院子裡那些她精心培育過的植物出現了，也是白的。甚至安娜夫人的愛犬丁丁也出現了，只是牠再也不會叫，不會飛奔著迎出來，牠也是白的，晶瑩透明，以一種極富動感的姿勢停在院子裡。究竟發生了什麼事？

門很快打開了，開門的人不是安娜夫人。

一個白髮蒼蒼的老婆婆出現在門口，她的臉上沒有一絲驚詫，很大方地向後一揮手，說：「進來吧！」好像一直在等他們到來。夢言和紀憶對視一眼，有些遲疑，佩佩可顧不了許多，大步走了進去。

他們被帶到餐廳，長條木桌上擺著豐盛的食物，餐桌前已經坐著一個少年，瘦長臉，大眼睛瞪得像受了驚嚇，鼻子很長，薄薄的嘴唇緊抿著，好像做好準備一言不發。

餐桌上共放了七套餐具，都清一色帶著銀邊和淺粉色小花的瓷器。老婆婆快速分好七份食物，佩佩眼前的食物消失得最快。夢言卻對著盤子發起呆來，這些黏稠、黃乎乎的東西十分可疑，雖然味道很香，可是她怎麼也嚥不下去。沒有人理會她，就連紀憶都沉默了，他努力吃著盤子裡的東西。

夢言看了一眼空著的椅子。他們一行四人，加上老婆婆和少年一共六個人，可是桌上卻擺了七份食物，這個缺席的人是誰呢？再有就是，難道老婆婆知道他們四個要到來，所以事先準備好了食物和餐具？所有的一切都變得不可思議。

突然，一個軟綿綿的東西在夢言的腿上蹭了一下，她尖叫一聲，餐桌上的人都轉過頭冷漠地望著她。

夢言低頭看了一眼，原來是一隻大黑貓，她結結巴巴道歉：「不好意思，是一隻貓。」大家不在理會她，又開始專心對付食物。夢言求助地望向紀憶，他似乎已經把她拋在腦後了，看都不多看一眼。

黑貓轉了一圈，走到空著的椅子前，把前腿向上一搭，縱身就要跳。

「小黑！」老婆婆輕輕地喚著。黑貓卻像受了驚嚇，飛奔著竄出餐廳。

晚餐結束時，窗外已經漆黑一片。老婆婆起身去收拾好餐具，這才對他們說：「都累了吧？我帶你們去休息，二樓有兩個空房間，你們住正好。」

「只有兩個空房間？」夢言猶豫了一下，她不想跟紀憶住在一起。

「我睡在客廳的沙發上就可以了。」紀憶說完走過去把身體重重向沙發上一扔，就閉上眼睛。雖然這是夢言希望的，可是紀憶這樣的冷淡還是讓她心裡有些不痛快。

佩佩夫婦被帶上二樓，夢言留下了。她在廳裡走來走去，走進廚房，又走進洗手間，仔細地檢查每一個角落。是的，這就是安娜夫人待過的地方，一些佈置都沒有改變。那高大的書架，那安適的籐椅，那飄浮在空氣中香橙薄餅的氣味。似乎安娜夫人剛才還在，只是暫時走開了一會兒。就好像如果夢言閉上了眼睛再睜開，一切就都會不同。

夢言真的閉上了眼睛，是的，往左十步，再轉向右，七步。就在那裡，如果伸出手去，一定可以摸到安娜夫人彈過的鋼琴。她真的伸出了手去，立刻發出了一聲尖叫！

紀憶立刻衝了過來：「什麼事？」

夢言睜開了眼睛，她果然看到了鋼琴。但是鋼琴的上面，擺放著一對木偶娃娃。其中一個木娃娃嘴張得很大，從正面直到耳根，露出森森的牙齒。而她的手指，剛好被這牙齒咬住了。

紀憶長出了一口氣，看著她把手指抽出來：「為什麼要閉著眼睛，這不是自己嚇自己嗎？」

「這一定是安娜夫人用過的鋼琴，一定是。」夢言一邊說，一邊把兩個泥娃娃挪到了一邊，打開了鋼琴的蓋子，伸出手去觸摸琴鍵。琴鍵發出「噹」的一聲響，在夜晚顯得格外清楚。

「不要彈！」紀憶一把拉開了她。

「為什麼？」夢言一臉的不解。

「因為這是一架雙子琴，妳會因此打擾了一個人的靈魂。」紀憶嚴肅地說。

「雙子琴？」

「是的，妳看這兩個木偶。」紀憶指給她看。

兩個木娃娃長得一模一樣，全都是女孩的樣子。娃娃做得很傳神，兩雙眼睛都像是能看到人，全都發出難以捉摸的目光。夢言在一瞬間甚至覺得它們連神態都要變化了，嚇得趕緊轉頭，挪開了自己的眼睛。

「配有這樣木偶的鋼琴，一定是有兩架。另一架一定是在另一個世界。當妳彈響它的時候，另一個世界就會有一個沉睡的靈魂被驚醒。妳也許會因此招來惡靈！」紀憶說。

「我看沒事的吧？我都彈了，也沒什麼反應嘛！」夢言撇撇嘴。

「可能因為這兩個木偶出了問題吧！這一個大概是做壞了，一張嘴開到耳邊。」紀憶說。

夢言仔細看了看，兩個木偶姑娘其實都很美，其中一個還帶著一對很好看的酒渦。可惜另一個嘴開得太大了，簡直就像個妖怪。

這也不能，那也不能，這地方一切都透著詭異，就算是夢言發出了一聲驚叫，也沒有任何人出來看一眼。夢言累了，很累了，她上樓來到自己休息的房間。

房間裡的家具都是棕紅色的原木製成的，樣式古樸，床上的白床單散發著陽光和風的味道，夢言走到窗前，拉開繡花窗簾，滿天的星光撲面而來，她卻無心欣賞，白天的事紛至沓來，讓她理不出頭緒。

睏意慢慢襲上來，夢言決定去睡個好覺，不管未來是什麼，她都要去面對，現在只能走一步看一步了。

屋子角落的一面穿衣鏡引起了她的注意，她已經很久沒看自己的樣子了，是變老了還是變醜了，她突然非常好奇。夢言輕輕走向鏡子，她要做好心理準備，迎接一個自己不願意接受的形象。

鏡子裡什麼也沒有，夢言眨了眨眼睛，仔細看過去，鏡子裡依然是一片空白。她伸出手，慢慢摸過去，就在她的指尖觸到鏡面的一瞬間，鏡子裡突然出現一個白衣女子，垂頭而立，她的頭髮披散著，遮住一張臉。夢言驚愕地站在那裡，她不確定這個人是不是她自己。白衣女子緩緩抬起頭，頭髮散落下去，露出一張雪白的臉。

夢言尖叫起來。那張臉，沒有五官。

房門被撞開了，紀憶又出現在那裡，後面跟著氣喘吁吁的老婆婆。

「夢言妳又怎麼了？」紀憶問道。

「鏡子……」夢言驚懼地指著鏡子，不敢再看。

「鏡子怎麼了？」紀憶走到鏡前上上下下檢查一下，奇怪地問。

夢言聽紀憶的口氣不像騙她，大著膽子向鏡子看了一眼，她吃驚地發現，鏡子沒有一絲異常，裡面是屋子裡的擺設，那個穿著白色衣裙的女子就是她，旁邊的男人就是紀憶。

知道是虛驚一場，佩佩抱怨著和老公回了房間，此時夢言倒希望紀憶說留下來陪陪她，可是紀憶一言不發的離開了。

房間安靜下來，夢言睡意全無。她抱膝坐在床上，對著房間發呆。

門被禮貌的敲了兩下，夢言跳起來，打開房門，站在那裡的是餐廳裡的少年，夢言聽老婆婆叫過他的名字，就問道：「阿舍，你有什麼事？」

阿舍直愣愣地看著前方，也不理會夢言，徑直走進房中，向床上一倒，就睡著了。夢言徹底被搞糊塗了，不知所措。她在門口站了一會兒，決定去樓下找紀憶。

她躡手躡腳地走下樓來，房子裡的大燈已經熄滅了，只留下壁燈散發著微弱的燈光。夢言分辨了一下方向，這才邁下最後一級臺階，沒想到卻撞到一個人的身上，她穩住身體退後細看，不由得又尖叫起來，這人不正是阿舍，他明明睡在樓上的房間裡。

這一次所有人都被吵了起來，夢言結結巴巴地把事情經過說了一遍。

大家跟著她上了二樓，阿舍還在那裡呼呼大睡。

「起來！」老婆婆不客氣的擰著阿舍的耳朵，阿舍睜開眼睛，吃驚地看著他們。

「他在夢遊。」說話的是和阿舍長得一模一樣的那個少年。

「這是阿舍的兄弟，叫阿才，剛才沒有來吃飯的人就是他。你現在住的房間是阿舍的，他可能是睡迷糊了才走過來的。」老婆婆說完就帶著阿舍和阿才下樓了。佩佩氣急敗壞地拉著老公回了房間，夢言可憐兮兮地看著紀憶，他卻不看她一眼，轉身就走了出去。

夢言是在陽光中醒來的，經過昨晚的莫名其妙，看到樹葉間跳動的陽光，聽著悅耳的鳥啼，對她來說，就像是到了天堂。

她在包包裡找出一件純棉白衫衣和一條淺灰色的牛仔褲，就走下樓去。飯廳裡所有人都正襟危坐，似乎只等她的到來。夢言剛坐到位置上，幾個人就埋頭大吃起來。夢言看了看盤中的食物，兩片金黃的麵包，一個煎雞蛋，一杯牛奶，竟然正常得不能再正常了，這可勾起了夢言的食慾，她這才發現自己已經是飢腸轆轆。

早餐結束了，所有人都沒有動。沒有人知道他們來的究竟是什麼地方，等待他們的會是什麼樣的命運。

「會有車來接我們嗎？」佩佩忽然問。看來她對這個地方一點興趣也沒有。

「我想是在三天後。」紀憶回答。

「三天？」夢言叫出來。

「三天後百妖節結束了，我們才能離開，這是規矩。」紀憶輕描淡寫地說道。

「百妖節？什麼意思？」夢言追問道。

「我昨晚已經確認過了，我們這是來到了妖界的一個特定場所。只有過完百妖節，我們才能回去。當然，前提是我們全都活下來了。」

「為什麼？」夢言問。

「不為什麼，這是規矩。百妖節是妖怪界最隆重的節日。這三天中，世界上的一百名妖怪會獲得通行證，進入這個叫做夢鎮的地方。每個妖怪都有機會實現自己的一個願望，然後離開。夢鎮的門五百年才能打開一次，我們很幸運。」

「等等，我有點迷糊了，你說一百名妖怪中包括我和你？我不是人類？」夢言被自己的想法嚇了一跳。

「妳不是妖怪，妳是女王。」阿舍突然露出一個燦爛的笑容，這個笑容轉瞬即逝，他的臉又變得迷茫，一雙眼也呆呆的。

「我不知道妳是什麼？」紀憶認真地說，看著夢言驚慌失措的樣子，他突然笑起來，「也許這只是一個傳說吧！也許這只是旅遊公司和我們開的一個玩笑。」

夢言喃喃道：「我什麼都相信，什麼也不信。」

夢言和紀憶來到街上時，外面已經很熱鬧，好像小鎮上所有的人都在外面。夢言和紀憶挨著店鎮轉下來。這個小鎮的格局，可以說和她熟悉的無名島一模一樣，唯一不同的是人，以前認識的人一個也不見了，所有的店鋪也都不同了。

現在的那些店鋪，幾乎都是經營旅遊用品的，有著各式各樣的道具和各種妖怪的面具。問起店主人，永遠都是一個答案——這些都是為百妖節準備的東西。似乎這個百妖節是一個很盛大的節日，人人都喜氣洋洋，快活得像在準備過年。

紀憶說，為了過節，每一個人都應該為自己挑遠一個面具。他選了一個有大紅鼻子的天狗面具。

「我要戴上了。」他對夢言眨眨眼睛，然後鄭重的把面具向臉上一戴，像完成了什麼使命，夢言突然覺得他的形象高大起來。

「你為什麼選這麼醜的臉？」夢言不解的問。

「我喜歡天狗，天狗有強大的力量，可以保護自己身邊的人。」紀憶意味深長地說道，「在這個世界上，我可能只有妳一個親人了。」夢言突然有點感動。現在的她，太需要一雙有力的手臂保護了。

夢言也試著為自己挑面具，可是挑了半天卻一個也不中意。早看著一條街已經走到頭了，最後一家店鎮門面不大，連個招牌都沒有，只是在門前擺著一個小攤，上面堆滿面具、護身符、圖騰。旁邊立著的木杆上，吊著一個白紙燈籠，上面寫著黑色的數字「57」。她用手隨意在面具中翻找一下，手指穿然被電了一下，細看過去，原來面具中混著一個白色的面罩。說不出是什麼質地，輕薄且柔軟，樣式很簡單，隨著臉型壓出來的，只在眼睛、鼻子和嘴那裡留出窟窿。夢言似乎被什麼神祕力量吸引起，拿起面罩，戴在臉上。

她的皮膚感覺到一絲清涼，這種涼讓人很不舒服，像摸到蛇皮的感覺。夢言有些莫名的驚慌，她用力掀起面罩，卻發現面罩已經跟臉合為一體，怎麼也摘不下來。

「紀憶幫我！」夢言驚惶地求助。

「妳太美了，自己都不知道啊！快來看看妳自己。」紀憶的臉上出現一種沉迷的表情，癡癡地看著夢言，像看著一件稀世珍寶，這眼神夢言很熟悉，每次石磊看到血霧，都會流露出這樣的表情。

夢言被紀憶推到一面櫥窗前，裡面的鏡子裡出現一個女子，身材高挑，白色的衣衫，淺灰的牛仔褲，這都是夢言熟悉的，可是那張臉，那張遮掩在黑髮下的小小的臉，卻是慘白的，沒有五官，這不就是昨天她的鏡子中看到的那張臉。

夢言尖叫一聲，用力的在臉上搔著、摳著，可是不管她怎麼用力，面罩就沒打算離開她的臉。

「不要白費力氣了，妳到現在還沒明白？不是妳選它，而是它選了妳。」紀憶說完用手向後一指。

夢言這才發現，剛才的攤位已經不見了，空蕩蕩的街道，一陣風吹過，幾張碎紙打著轉相互追逐而去。再看街道上的人，每張臉上都帶著一張面具，形形色色。

夢言跟紀憶一直轉到中午，才回到老婆婆家裡。午餐已經準備好了，阿舍和阿才坐在那裡，像從來沒離開過，好像他們的一生就是為了一頓接一頓的飯。他們對夢言臉上的面罩視而不見，沒有一絲驚訝。

「鎮上的人不戴面具？」夢言好奇地問。

「三天內他們不會離開房子一步的。」紀憶說完這句話時，阿舍突然轉過頭，對著夢言又是一笑，這一笑千嬌百媚，一時間讓夢言不知如何形容。

「累死了，在等我們吃飯？」佩佩的聲音比人先到了一步。夢言回頭一看就嚇了一跳，這次她可是看到她了，只是這張臉不是她原來的，而是一張尖尖的狐狸臉，碧綠的鳳眼，尖尖的小嘴。

「妳……」佩佩也看到了夢言的臉，嚇得說不出話來。

「我餓了。」佩佩身後轉出了石磊。

夢言看著他的樣子，有一種說不出的感覺。這個石磊不是她的，可是她的石磊又去哪兒了呢？

「這三天梁先生最好不要出門。」紀憶認真地說。

「讓他待在這裡好了，反正他找不到合適的面具。」佩佩滿不在乎地說，她突然湊向夢言，臉上流露出獻媚的表情，說道：「妳真美。」

夢言嚇了一跳，不知如何回答，急忙低頭吃東西。午餐跟昨天的晚餐有些相似，也是黃乎乎的黏稠物，可是不知為什麼夢言心裡的厭惡不見了，吃得津津有味。

第七章

吃過午餐是午睡時間，小鎮一片安靜，街道上的人都不見了，像出現時一樣突然。夢言怎麼也睡不著，對於晚上將要發生的事，她既害怕又好奇。

街道上的情形像極了夢言的那個夢，空無一人，到處都靜得可怕。她夢遊般從一條街走向另一條街。

「竟然能遇到妳。」一個聲音突然從夢言的身後傳來，她吃驚地回過頭去。

夢言回過頭來，看到了一個長著狼頭的男人。她沒有驚叫，因為紀憶的面具戴上以後也摘不下來了。看慣了狗頭再看狼頭，她覺得其實也沒有那麼可怕。這個戴了狼頭面具的男人，看身形有點面熟。夢言仔細想了一會兒，想起來了，是和她一起從巴士上走下來的那個男人，那個眼睛精光四射的禿頭。

「你選了這樣一個面具？」夢言問。

狼頭男人似乎被夢言說到了痛處，猛的向後退了幾步，絆到了臺階，跌坐在地上，捂住臉，孩子似的哭起來，嗚咽聲中無限委屈。

「到底發生了什麼事？」夢言不安地走過去。

「我買不到面具，我買不到面具！」男人帶著哭聲叫喊著。

「怎麼會？你不是明明戴著面具的嗎？」夢言不解。

「我找不到面具，我這不是面具，我長得就是這個樣子啊！」狼頭男人說。

夢言弄不明白他的意思。

「很多年前，我因為做了一件事，被妖法詛咒，就變成現在這個樣子了。」狼頭男人說。

「現在這個樣子？可是我那天看見你……」那天夢言看見的男人當然沒有長著一個狼頭。

「因為那天是十五啊！」狼頭男人說。

「十五？」

「我被詛咒了之後，就變成了人狼。」

夢言聽說過狼人，卻沒有聽說過人狼。

「人狼和狼人不同。狼人是在月圓之夜會變成一隻狼。而人狼只在月圓之夜，才能獲得做一天人的資格。」狼頭男人說。

夢言明白了。怪不得那天一下車這個男人就跑掉了，他一定是因為怕被人看見長著狼頭的樣子，自己躲起來了吧！

「可是現在你為什麼不為自己挑選面具呢？剛剛街道上那麼多家店鋪都在賣的！」夢言問他。

「妳還不明白？不是妳選擇面具，而是面具選擇妳。」男人抬起頭，盯著夢言的眼睛足足有一分鐘。

「我不明白，沒有人告訴我為什麼。」夢言苦惱地說。

「那妳知道百妖節的傳說吧？」

「聽朋友說起過一些。」

「能來到這裡的一百個妖怪是幸運兒，他們離夢想只有一步之遙了，可是還有一關要過，就是在天黑之前必須找到屬於自己的面具，否則就會被驅逐。」男子又啜泣起來。

「要不你再試試吧！你的面具總會有的。」夢言並不確定地說。遇到這種情況，她也不知道應該如何安慰這位人狼才好。

「沒用的。妳發現了嗎？只有帶著一張人臉來到這裡，才能找到屬於自己的面具。可是我現在，只有一個狼頭啊！」男人又哭了起來。

「那有什麼辦法才能讓你變回人頭呢？今天又不是十五。」夢言為難了。

「是啊！能有什麼辦法呢？」人狼有氣無力地說。

「我知道辦法。」隨著聲音，紀憶出現了。

「你怎麼來了？」夢言問。

「我一直跟著妳，我說過會保護妳的。我聽到了你們的對話。」

「那你有什麼辦法嗎？」人狼問。

「兩件事。第一件，是要解除當初那個人下給你的詛咒。第二件，是要讓圓月永遠留在你的心裡。」紀憶說。

「不會的，這兩件事，沒有一件能夠做到。」狼人搖了搖頭。

「你怎麼知道不會？說出你的故事，你為什麼會被人詛咒？」

人狼講出了他的故事。夢言和紀憶在他的身邊耐心地聽著，一邊聽一邊偶爾互看一眼，露出會心的微笑。

「現在，你的詛咒已經被解除了。」紀憶宣佈。

「為什麼？」人狼愣了。但是他確實發現，一直壓在心底的那個陰影，竟然真的不見了。

「因為我們都原諒了你。你做的沒有錯，錯不在你。有我們的原諒，就足夠解除你身上的詛咒。」紀憶說。

夢言也點了點頭。

「現在開始第二件事。」紀憶說，「你看著我的手，看著我的眼睛……」

「喂，你行嗎？」夢言悄悄拉一下他的袖子。

「放心吧！好歹我也做過幾天心理醫生的。」紀憶送給夢言一個自信滿滿的微笑。

「現在，看著我的眼睛，看著我的手……」紀憶的一根手指，很有規律地左右搖晃起來。「你現在是不是感覺有些睏了，你很想睡了，是不是？那就睡吧，睡吧……」

紀憶發出帶著磁性的聲音，定定地看著人狼。只過了一會兒，人狼就進入了睡眠。

「你看這個地方，是不是你故鄉的雪山呢？這是一個有著圓月的晚上。你看，月亮多麼大，多麼圓啊！就是這個月亮，它會永遠留在你的心裡，讓你隨時都可以看見，你再也不會變成狼的樣子，再也不會了……」紀憶用哄孩子一樣輕柔的聲音說著，一遍又一遍地說著。

夢言明明白白地看見，人狼頭上的毛髮全都退去了，嘴巴變短，臉型變胖，竟然很快變回了那個禿頂男人的樣子。禿頂男人醒了過來，摸了摸自己的頭，覺得難以置信，愣在原地。

「我也只是試一試，想不催眠術真的有用。」紀憶笑了，「去吧！快去找到你自己的面具！」

就在這個時候，天空中有一個東西飄了下來。禿頂男人抬起了頭，一眼看到了：「就在那裡，在那裡啊！我看到了，我的面具！」

那真的是一個面具，只有一隻眼睛的面具。禿頂男人衝了過去，撿起面具，戴在自己的頭上，他的模樣立刻變了，半張臉都被遮了起來，只露出了一隻眼睛，一隻澄澈寧靜，無悲無喜，像是能看穿萬物的眼睛。

「原來雪童沙利通，就是這個樣子啊！」夢言遠遠地看著他，喃喃地說。

「是啊！是他讓我的祖父得到了假的血霧。我的外婆就是因為這個才給他下了詛咒的吧！」紀憶說。

夢言回到老婆婆家時，房間裡像她離開時一樣安靜，似乎沒有人知道她曾經離開。她躡手躡腳地回到樓上，推開房門就怔住了，在床上放著一個精美的禮盒，紫色的底上灑滿金色的玫瑰花，正是她最喜歡的圖案，幾乎每次送朋友禮物都會選擇這種包裝。她輕輕抽開淡粉色緞帶花結，裡面是一個淡黃色緞面的盒子。一件純白的禮服安靜的躺在盒子裡，衣服的質地跟面具一樣，絲滑如緞，貼在皮膚上有種異樣的感覺。禮服的樣式很簡單，感覺就是兩片布縫在一起，可是穿在身上卻出奇地合體，夢言在鏡前呆了半晌，這個身材曼妙的女子真的是她嗎？這時，像一隻無形的手出現在她的身後，快速把她的長髮盤起，一個沉甸甸的髮髻墜在腦後，夢言整個人看起來更加高雅。

「我的女王，妳太美了……」不知何時紀憶站在門口，他的臉上還帶著面具，可是眼中難以掩飾的狂熱似乎能直穿夢言的內心。夢言這才發現，紀憶也換了一身衣服，這是一件灑著大朵牡丹和松枝的和服，腳上是一雙木屐，最滑稽的是手裡還多了一把摺扇。

「服裝是沒有選擇的，也許這就是我本來的樣子吧！誰知道呢？」紀憶笑了笑。夢言看不到他臉上的表情，可是能感覺到他目光中的熾熱，不知為什麼有些心慌。

「晚上有什麼安排？」夢言好奇地問道。

「到時妳就知道了，吃過晚餐我們就出去。這個夜晚會讓妳終生難忘的。」紀憶說完就呱嗒呱嗒地下了樓。夢言一邁步，這才發現，腳上的鞋子也換了，是一雙高跟的白色緞面鞋子，跟禮服同一個質地，合腳又舒適。

餐桌上還是那些人，唯一的不同是佩佩也換了一套衣服。她的衣服樣式有些奇怪，捏著很多細碎的褶子，像火一般紅且跳躍，把她整個人罩在裡面，看似包裹得一絲不露，卻又露出無限風情。她的頭髮也變成紅色，亂篷篷的堆在頭上，幾個調皮的小髮捲跳來跳去，像她的眼睛一樣不安分。

看到夢言走下來，佩佩幾乎把勺子扔在桌上，呆了一下，才低下頭去吃飯，眼神中不知是落寞還是嫉妒，分明有些不快。

阿舍和阿才依然像是鏡子裡外的同一個人，同時舉起手把食物送到嘴裡，同時開始咀嚼，他們的腮一鼓一鼓的，動的頻率都一樣。

夢言已經適應這裡的食物，甚至還覺得沒吃飽。老婆婆明察秋毫，過來為夢言添了半份，夢言感激地對她笑了笑。黑貓從桌下鑽來，這次在夢言的腳邊繞了一下就離開了，沒敢把頭貼上去。夢言吃完最後一口，抬起頭，才發現所有人都已經吃完了，只是沒有離開，全部定定地盯著她，彷彿在等一道命令。

夢言覺得天黑得比平日要慢很多，她站在窗前，看著最後一抹殘陽投在遠處的屋頂上，掙扎著被黑暗吞沒，短暫的黑暗過後，一點光漫漫襲上來，最後變成一片清輝。

他們走出房門時，老婆婆和阿舍兄弟都沒像往常的夜晚待在客廳，他們像是在逃避什麼。佩佩早就等得不耐煩了。夢言猶豫一下還是問道：「梁先生不來嗎？」

「他沒有面具，出不去。」佩佩滿不在乎地說。

「沒有面具為什麼不能出去？」夢言追問道。

「沒有面具的人就表示不是受邀請來的客人，會遇到他平生最不想見到的事。」佩佩的眼中寒光一閃。夢言不敢再問下去，快走兩步跟上紀憶。

紀憶和佩佩好像對要去的地方很熟悉，他們快步向那裡走著，或者說小跑步更恰當。夢言只好緊緊追上去，奇怪的是腳上的鞋跟雖然很高，卻沒有一點不方便，反而比她平時跑得更輕快了。

人越來越多，不停的從各個方向湧出來，每個人的臉上都帶著面具，形形色色，他們向一個方向奔去，都是迫不及待又目標明確。夢言被裹在人群中，不由自主的向前奔跑著。

在一座房子前，所有人都停下來，轉過頭，盯著月亮的方向。夢言也跟著望過去。今夜的月亮又圓又大，像個巨大的銀盤子。

突然，夢言在銀盤中間發現一個紅色的小點。她揉了揉眼睛，不是眼花了，那個點越來越大，正向他們飛過來。漸漸的紅點已經長成一塊遮天敝日的大紅布，向夢言他們兜頭罩下來，沒等夢言叫出聲，她的眼前就是一黑。

這是很漫長的黑暗，夢言覺得有什麼重重的壓在胸上，讓她不能呼吸，她想掙扎，可是四肢一動也不能動。不知過了多久，一道光芒突然出現，瞬間夢言的身體變得輕靈了，像是抬一下腳就能飛。

她大睜著眼睛向四處看著，他們已經置身一個大廳。大廳呈圓型，像個沙漏，一圈一圈的座位旋轉下去，最下面是一個小舞臺，所有光線都集中在舞臺中央的紅木箱上。夢言還愣在那裡，手被輕輕地拉了一下，她這才發現紀憶還站在她的身邊。

她跟在紀憶的身後向座位走去，似乎每個人都知道自己要做什麼，井井有條地各就各位。夢言和紀憶一直走到前排才坐下去，原來佩佩早就已經在那裡了。

夢言從來沒見過這樣的場景，一百個人在行動，可是沒有發出一絲聲音，周圍安靜得像是空無一人。所有人都坐下來，在等待著什麼，舞臺中間的光線越來越強，很快形成一個光團，光團掙了幾下，撲的一下裂開，跳出一個發光的小人。

小人只有筷子那麼高，可是身材凸凹有致，是個小巧玲瓏的美人兒。她身上的裙子是花瓣做成的，層層疊疊像要把她纖細的腰給扯斷了。小人兒繞著紅木箱飛了一圈，這才舉起小手，大聲說：「開始吧！」她的聲音跟身材不成比例，可以用聲如洪鐘來形容，震得大廳的角落都傳來嗡嗡的回音。

座位上有人站起來，走上臺去，把手裡的紅紙封向箱子裡一塞，又走回去坐好。第二個人馬上站起身，周而復始。

夢言忍不住好奇地問：「他們在做什麼？」

「把心願卡放進箱子，由精靈決定，誰能得到大獎。」紀憶說著向夢言手上一指，她吃驚地發現，不知什麼時候手裡多了一個紅紙封。紅紙封上印著古怪又複雜的圖案，卻沒有一個字。夢言百思不解，只好又問紀憶：「我要在上面寫些什麼？」

「不用，妳心裡最想要的東西已經在上面了，只是妳看不到。」說著紀憶突然推了她一把，小聲說：「輪到妳了，去吧！祝妳好運，我的女王。」

夢言被無形的力量吸引著站起身，輕靈地走上臺去。與其說是她把紅紙封投進箱子，不如說是紅紙封自己跳進去。夢言身不由已地回到座位上，這一切就像在夢境中一樣。

每個人都投好心願卡了，小精靈繞著紅木箱飛了一圈，用手向下拍了拍。箱子突然扁下去，薄得像一張紙，小精靈把紅紙拆好，放在口袋裡，這才向所有人招了招手，就化成一團光消失了。

小精靈一走，大廳馬上熱鬧起來，所有人都站起身，大聲講著什麼，在這裡可以聽到各種語言，奇怪的是，夢言發現自己都可以聽懂他們在講什麼。每個人都希望自己的心願實現，夢言卻不知道，自己投進去的心願是什麼。

大廳突然又掉進黑暗，這次夢言已經不再害怕了，更多的是好奇，她想知道又有什麼樣的奇蹟發生。

再次見到光明時，大廳已經變了模樣，座位和舞臺都不見了。中間的場地空出來，兩側靠邊的位置擺著鋪著白色亞麻餐布的長餐桌，上面放著各種水果和點心，各色酒水在燈光下閃著五色光芒。

紀憶拉著夢言向那邊走去，卻被一個人擋住了視線。原來是佩佩，她的狐狸臉上看不出表情，目光裡卻是深深的幽怨，她幽幽地說：「夢言，妳知道我的心願是什麼嗎？」

夢言搖搖頭，她連自己的心願都不知道，怎麼會知道別人的。

佩佩沒有再說，狠狠地瞪了夢言一眼，擠進人群就不見了。夢言莫名其妙地看著紀憶問道：「佩佩好像很恨我，究竟是什麼事……」

紀憶沉默了一會兒，問道：「妳還記得狐狸精嗎？」

夢言記得，那是紀憶的父母和一對狐狸精兄妹的恩怨故事。

「可是這和佩佩有什麼關係？」夢言問。

「佩佩也是一個狐狸精。她是我父親和程千尋的女兒。」紀憶嘆道，「可憐啊！她的母親還沒有生下她來，就放棄了自己的生命。佩佩不是一般的狐狸精，她根本就是一個鬼胎。為了讓她具備人形，她的舅父程萬里耗上了自己千年的功力，重新變成了一隻狐狸。」

夢言咬了咬嘴唇。她想不到佩佩會有這樣悲慘的身世，想不到佩佩竟然是紀憶同父異母的妹妹。她明白了，佩佩怎麼會不恨她呢？她現在恨著一切和那個假的血霧有關的人。因為和血霧有關，也就是和雪山有關，和雪娘娘的一家有關。紀憶是她的哥哥，她不能恨。她現在除了夢言，又能恨誰呢？怪不得，怪不得……夢言欲言又止。

「妳猜得沒錯。」紀憶看著她的臉，說出了她要說的話：「她就是想洩恨，才從妳的身邊奪走了石磊。石磊是被她用妖術迷惑了，所以沒有辦法認出妳。」

夢言吃驚地看著紀憶，仍然沒有說話。

「我知道妳想說什麼。為什麼我都知道了，還沒有幫妳把石磊奪回來，是吧？」紀憶說。

「不用了。」夢言淡淡地搖了搖頭，「我又不是你的什麼人，怎麼會讓你去對付自己的親妹妹呢？」

「不，我不是不想幫妳。」紀憶說，「只是來不及了。現在的石磊，如果離開了佩佩一分鐘，第二分鐘就會失去生命！」

「為什麼？」夢言心裡一緊。

「因為瓶女，那個假的血霧花瓶！」紀憶恨恨地說。

第八章

「瓶女正在慢慢地復活。」紀憶說。

夢言相信。她親眼看見瓶女吸走了那個乞丐的靈魂，以及在巴士車上的那一幕。

「或許對常人來說，會認為這是一個寶物吧！因為她居然可以降妖伏魔。一切遊魂或妖怪離她太近，都會被她吃掉，只要她願意。事實上，她就是以汲取天地間的妖氣和靈魂為生。」紀憶說。

「那她為什麼沒有吃掉我？」夢言問。

「人和靈魂畢竟不同，不是處於一種遊魂的狀態，想要吃，也沒有那麼容易。」

「那妖怪呢？」

「妖怪在變化的時候，就是他們最虛弱的時候，很容易被吃掉。還有一種情況，就是從一個空間進入另一個空間的時候。」紀憶說。

「我知道了，巴士的門口，人界通往夢鎮的入口。」就是在那裡，一車的靈魂或妖怪，被瓶女吞食到只剩寥寥幾人。這太可怕了。

「一般情況下，她不會選擇人的靈魂，因為那太費事了。但也有例外，那就是，如果她恨上了誰。」紀憶說。

「她恨上了誰？」夢言問。

「妳，我。」紀憶回答得很乾脆。「女人在愛情面前是自私的。無論如何，她都不會讓別的女人和她分享外公。她恨我們，只是因為找不到別人，而遷怒於我們吧！」

原來如此。

「可是她為什麼沒有吃掉我們？」夢言問。畢竟他們伴著瓶女也已經有了很多天。

「可能因為我們身上具備外公傳下來的龍的氣息吧？她不忍心傷害我們。也可能是我們還有一半人的血統，暫時沒有什麼弱點出現。」紀憶推斷著，「也可能兩者都有。因此，她轉而遷怒於石磊了。」

「啊？」夢言吃了一驚。她開始有些明白了。

「也許她甚至遷怒了整個島上的人，一切和妳有過密切接觸的人。她要為自己製造食物，同時讓妳承受離開親人的痛苦。」

「原來我是這樣一個不祥的人。」夢言幽幽地嘆道。

「瓶女雖然不能自己動手，可是她有著一顆蜃精的心。她一定是用這顆心在島上做成了幻象，害死了島上所有的人。」紀憶說。

「石磊說島上發生了煤氣洩漏，那個乞丐又說是見到了一片可怕的紅光。」夢言說。

「可能兩者都是真的，蜃精可以同時製造很多種幻象。這些幻象雖然沒有害死石磊，可是當我初次見到他的時候，他身上的生命氣息已經很弱了。」紀憶說。

「我怎麼沒看出來？」夢言問。就在那個時候，石磊的懷抱仍然是非常有力的。

「這個與表象無關。哪怕是一個很強壯的人，也有可能在下一秒鐘死掉。決定這一點的，就是他身上的生命氣息。如果石磊再繼續接觸瓶女的話，可能馬上就會死掉。」紀憶說。

「那怎麼辦？」

「幸好當時的石磊發生了變化，他被佩佩迷住了，和佩佩一起離開了妳，也同時離開了瓶女。真是造化弄人啊！佩佩為了報復妳，卻無意中救了石磊的性命。」紀憶嘆了一口氣。

好可怕的瓶女。

「怎樣才能阻止瓶女繼續傷害別人？」夢言問。

「我不知道。也許這個答案就在妳的身上，畢竟外公把他的龍筋傳給了妳。那可是聚集了一條冰龍全部力量的神物。」紀憶說。

夢言摸了摸自己頸上的紅繩，很柔軟，很堅韌，和普通的繩子似乎也沒有多大的不同。她心事重重地跟著紀憶，回到了住處。

夢言已經一天一夜沒有闔眼了，奇怪的是她的精力充沛，絲毫沒有睏倦。她沒有急著回到樓上休息，而是順著蛋糕的香味進了廚房。老婆婆正在忙碌，操作臺上放著一個巨大的三層蛋糕，她正精心的繪製圖案。

「好美啊！有人過生日？」夢言用力嗅了一下香味問道。

「今天是小黑四十歲生日。」老婆婆頭也不抬的說。

「小黑？」夢言愣了一下，突然想起，小黑就是此時正睡在窗臺上的那隻貓。

「貓也要過生日？」夢言見老婆婆沒有回答她的意思，就走過去，用手輕輕摸著小黑，牠光滑的皮毛已經帶了陽光的溫度，摸起來很舒服。小黑似乎對夢言很滿意，響亮地打著呼嚕。

「你是我見過最老的貓。」夢言對小黑自言自語道。

小黑猛然抬起頭，認真地看了看夢言，裂開三瓣嘴笑了，白色的尖牙在陽光下灼灼發光。夢言只覺得毛骨悚然，她轉身跌跌撞撞地向樓上跑去。到廚房門口時，才敢回頭看一眼。迎接她的是老婆婆淡漠的目光和小黑嘲弄的神情。

夢言換好睡衣，來到鏡前才發現，臉上的面罩不見了，她的一張臉非常憔悴。她急忙倒在床上，以最快的速度入睡了。

夢言是被一些細碎的聲音驚醒的，她睜開眼睛，房間裡沒有人，可是聲響還在。夢言一轉頭，看到了小黑。她吃驚地發現，小黑正像人一樣站直了身體行走，牠的尾巴到尾端處分成兩條，正好支撐身體。小黑似乎發現夢言已經醒了，急匆匆地走過來，向上一縱身，跨在夢言的身上。

剎那間，夢言覺得整個房子的重量都壓下來，她想推開小黑，這隻看起來很小的黑貓，此時成了大力士，只是用前爪輕輕一推，夢言就倒回枕上，一動也不能動。

小黑的臉慢慢湊向夢言，夢言不由自主的被那雙貓眼吸引住。小黑的眼睛是綠色的，深深淺淺的綠，像一個深不見底的潭，在潭的中央有一個巨大的紫色旋渦，帶著莫名的引力，把夢言狠狠的拉進去。夢言一陣暈眩，就被吞沒了。

她的耳邊有響起一陣歌聲，聽不懂唱的是什麼，像呻吟，又像祈求，她就在歌聲中安靜下來，放棄了掙扎，隨著漩渦墜向深淵。

突然一陣劇痛襲來，夢言拚命地掙扎著想躲開，可是疼痛越來越清晰，讓她欲罷不能。夢言用盡最後的力氣挺起身，房間裡傳來一聲尖叫。

她睜開眼睛，只看到小黑倉皇逃走的背影，牠的兩條尾巴交替著走在地上，就像兩隻腳。夢言這才發現自己的右手心在流血，剛剛的劇痛應該來自這裡。她拉過一條毛巾按在傷口上，氣惱地想下樓去問個究竟。

「不要去，他們是一夥的。」一個細小的聲音說道。

「翼？真的是你？你回來了！」夢言看到翼那薄薄的身體時，鼻子一酸，就流下淚來，翼帶給她的是沒來由的親切。

「我回來了，因為妳在招喚我。」翼說完收起翅膀，墜落在夢言的手上，彷彿用盡了最後一絲力氣。這時夢言才發現，翼的翅膀尖上有血跡。

「你受傷了？也是小黑幹的好事吧！」夢言氣鼓鼓的說。

「不，這是妳的血。我用翅膀刺進妳的手心。」翼恢復了一點體力，身體周圍出現一個淡淡的光暈。

「是你刺傷我的手？為什麼？」夢言一頭霧水，徹底糊塗了。

「老的家貓活到四十歲時就會變成貓又，智慧很高，能聽懂人的語言，也能蠱惑人類。把人吃掉後就會變成人的模樣。小黑今天是四十歲生日，牠已經變成貓又了，你看牠的尾巴變成兩條，這就是標誌。」

「啊！牠要吃掉我？」夢言後背一陣發涼。

「對，剛剛牠跨在妳的身上就是在用咒語，如果我不能及時讓妳清醒過來，妳就會被牠吃掉。然後牠就變成妳的模樣。」

「可是牠為什麼要變成我的樣子？」

「唉，妳真的不知道？每個人都想成為妳的樣子。」翼突然嘆了一口氣。

夢言喃喃自語道，「他們找到我，是想報復？」

「妳是瓶女的守護者。他們對付不了瓶女，只能在妳身上下手。還有另外一個原因，因為如果成為妳，他們就能做到一件事。」翼說。

「什麼事？」夢言奇怪地問。

「我也不清楚。但我聽過一個傳言，他們都說妳擁有奇特的力量，將會禍亂整個妖界。」

「我?!」夢言指了指自己的鼻子。天哪！她一個弱小女子，能做什麼樣的事，還能禍亂整個妖界？

「妳想不想救石磊回來？」翼扔出一個問題。

「救石磊……怎麼救？」

「天黑後，他會不聽勸阻出門，這時外面有多危險就不用我說了，妳要出去救他回來。只是妳的面罩已被人用魔法收回，妳同樣是不安全的。想不想出去由妳自己決定。」翼說完打了一個轉，化成一團黑霧散去了。

夢言這才發現自己又回到了房間的床上，翼正飛在她的身邊，只是比剛見時長大很多，已經是個人形了。

「是誰收回我的面罩？」夢言是回到這裡才發現面具不在了，她仔細回憶著當時發生的每一件事，想不明白面罩是何時離開她的臉。

「我知道是誰，可是不能說。它的法力太強大了，如果我說出它的名字，它就能殺死我。減輕它法力的辦法就是當它不存在。」翼說著飛過去打開房門。夢言知道時間到了，不管要發生什麼事，她都得去面對。

晚餐很豐富，三層蛋糕擺在餐桌的中間，像個巨大的誘惑，每個人都難掩貪婪。小黑也有了座位，牠大模大樣地坐在椅子上，前爪搭在桌邊，很紳士的樣子。夢言和牠對了一下目光，小黑馬上移開眼神，若無其事像什麼事也沒發生過。

紀憶和佩佩先後出現的，他們的面具都在。佩佩看到夢言就興災樂禍地笑了，「看來這個夜晚對夢言會很刺激。」

紀憶的臉上看不出表情，一言不發的坐到座位上。等了有幾分鐘，每次都會準備出現的老婆婆卻遲遲沒有露面。阿舍和阿才呆呆地看著對方，就像在照鏡子，一點也沒有起身的意思，最後還是今天晚上的主角小黑沉不住氣了，從椅子上溜下來，大搖大擺地走向老婆婆的臥室。又是幾分鐘過去了，老婆婆才緩慢地走出來。

她提起銀餐刀，向蛋糕上一壓，酥脆的巧克力外殼破裂了，一陣異香撲鼻而來，夢言發現自己從來沒這樣飢餓過，她恨不得吞下整個蛋糕。老婆婆不疾不徐地一個個座位發下來，獨獨跳過小黑的位置，小黑也一直沒有從老婆婆的臥室走出來。

夢言是最後一個得到蛋糕的人，她迫不及待地叉起一塊就往嘴裡送，突然手被重重地打了一下，叉子一抖，蛋糕滾落在地。夢言顧不得許多，用手拿起蛋糕就往嘴裡送，這次又被重重地打開，整個蛋糕全糊在了阿舍的臉上，阿舍先是呆了呆，突然痛苦地嚎叫起來，拼命地用手抓著臉上的蛋糕，想把它們弄下去，可是那蛋糕像是有生命，迅速化成一張皮，越來越大，把阿舍包在其中，又開始收緊，阿舍的叫聲越來越弱。

所有人都怔在那裡，不知所措。半晌夢言才轉身問身邊的翼：「你知道蛋糕有問題？所以不讓我吃？」

翼點頭道：「只有妳這一塊蛋糕有問題，她想害的是妳。」

「可是她為什麼害我？」夢言還是不明白。

「妳看到的老婆婆已經不是她本人了，幾分鐘前她成了小黑的食物，現在的她是小黑的化身。」

「我恨你，你總是破壞我的好事。」老婆婆突然輕靈地向桌上一跳，轉眼就到了翼的面前，她伸出長著長長指甲的手向翼的胸前捉去。慌亂之下，夢言用手中的銀叉迎上去。她知道這種純銀的叉子是沒有殺傷力的，可是讓她意想不到的是，就在叉子接觸到老婆婆手的一瞬間，她的手突然湧出黑色的濃汁，她慘叫一聲，跌倒在地，黑色的液體越湧越多，老婆婆的身體萎縮著，很快變成一隻貓的大小。轉眼間，已經變成一具僵硬的黑貓屍體，只有那雙幽幽的綠眼睛，還流露著不甘。

「他們到底想要得到什麼？」夢言氣急敗壞地說道。

「血霧，每個人都想得到血霧。」翼嘆息著說。

夢言知道翼說的是瓶女。

「為什麼，他們不怕嗎？」夢言問。

「他們怕，只是在這棟房子裡不怕。瓶女在這裡，能力是最虛弱的，無法害人或者害妖，僅能自保。」紀憶說。

「為什麼？」夢言問。還沒等紀憶回答，石磊卻忽然有了動作。

「血霧，我要去找血霧。」一直呆坐在餐桌前的石磊突然跳起身，大步向門口走去。佩佩視而不見，好像發生的事和她一點關係也沒有。夢言可急了，向紀憶求助：「紀憶，別讓他出去！」

紀憶上前想擋住石磊，兩個人扭打在一起。夢言顧不了許多，三步併兩步衝上樓去，她不明白，石磊叫著要找血霧，為什麼不上樓來找，而是要跑出去。血霧不是一直好好的躺在她房間的包包裡嗎？血霧果然在那裡，夢言抱起來就要下樓。回身卻看到兩張呆呆的面孔，不知何時阿舍和阿才也跟上樓來。

「你們想幹什麼？」夢言驚慌地把血霧高舉過頭頂。阿舍和阿才步步緊逼過來，夢言一步一步向後退去，已經到了窗邊，再沒有退路了。阿舍挺身上前，就要把血霧搶到懷裡。夢言向後一掙，就覺得手中一滑，眼看著血霧掉向樓下，她把眼睛一閉，知道已經無可挽回了。

可是等待中的破碎聲音並沒有出現，她睜開眼睛向樓下看去，一個黑影正竄出院門。隨後一個人一邊追一邊向樓上喊著：「石磊拿著血霧跑了。」

天，那石磊不是危險了！

第九章

夢言不能失去石磊，儘管她不知道應該做什麼。她只有硬起頭皮追出房門。

外面異樣的黑，所有的房子都熄了燈，沉在黑暗中，人的生機也隨之沉溺下去，鎮死一般的寂靜。所有的光都來自半明半暗的月亮，夢言適應半天，才看清自己已經站在街上了。她很快感覺到了街道的異樣，這房子，這破舊的街燈，這些樹木，甚至路上的舊石板，都是她熟悉的。她不熟悉的，只是黑暗中偶爾閃過的一雙雙鬼眼。鬼眼們發出森森的光芒，無聲無息，到處飄動。

石磊和紀憶去了哪裡？

她一路奔跑，一路尋找，終於來到了鎮中心的廣場。這個廣場和無名島的廣場別無二致，只是很多東西都已經不在了。

追著鴿子餵食的情侶不在了，跑來跑去的孩子不在了，踩著滑板東撞西撞的少年不在了，枯坐在椅子上像一輩子也不願意離開的老人不在了……在的只是那些化成了冰雕的鴿子，一雙雙小眼睛茫然地看著四周。在的還有廣場的噴泉，靜靜的噴向藍色的天空。

噴泉，噴泉還沒有被冰凍！這裡一定有什麼不同的東西！

夢言走了過去，把手伸進水裡。水中泛起一陣奇怪的光，她感覺自己的身體被這股光芒吸了進去，進入了一個陌生的世界。又是個黑暗的地方。

這是哪裡？她應該怎麼辦？紀憶不在了，還有誰能來幫她？她忽然想起了翼，自己的守護精靈。

「翼，你在嗎？」她輕輕地問。

「在，只是妳看不見我。」翼那熟悉的聲音立刻在身邊回答。

「這是什麼地方？」她又問。

「這是在石磊的幻境裡。」翼說。

「石磊的幻境？」夢言不解。

「瓶女的蠒精之心，上次對石磊造成的幻境就是這樣。這個幻境模擬的是一次煤氣洩露。」翼說。

「你怎麼知道？」

「我是妳的守護精靈。只要是妳最關心的人，我都能比妳多知道一些。這是精神力的作用。」翼解釋。

夢言在黑暗中摸索著往前走，慢慢地適應了這裡的光線，可以微微看到一點了。那些飄來飄去的鬼眼再次出現。

「那是什麼？」夢言問。

「那是食屍鬼。煤氣洩漏引起了爆炸，那些都是剛死不久的怨靈，他們專門搜尋其他剛死的屍體，去吃掉殘存在屍體裡的精氣，維持自己的生命。」翼說，「別怕，他們不會傷害到妳。」

夢言強行壓制著心中的恐懼：「我不怕。」

「這就對了，」翼輕輕地說，「如果妳怕了，妳的精神力就會減弱，我也會變得虛弱，就不能陪妳了。」

夢言一邊摸索，一邊用盡目力地觀察著，感覺這個地方像是一處發生礦災的礦坑。不知道那場幻覺中的爆炸埋葬了多少幻覺中的人。她慢慢地走著，希望能夠找到離開這裡的路徑。

慢慢地，周圍的光線更加強了一點。她看見一個背影，正在前方慢慢地走動。會是誰呢？

夢言走了過去，看到那是一個男人，穿著一條破爛的短褲，赤裸著上身。

「喂，你是誰？」夢言大著膽子問他。畢竟看到了一個人，就多了一絲希望。

「我是一個人的靈魂，我要離開這裡。」那個男人回答，聲音沙啞。

靈魂的身上透出一陣寒意，可是她別無選擇：「我們一起走好嗎？我也在找離開的出口。」

男人點了點頭，繼續慢吞吞地往前走。他似乎很熟悉這裡的路，慢慢地前方出現了燈光，那是一盞盞的紅燈籠。夢言更加清楚地看見了他的背，背上傷痕累累，燒傷，燙傷，炸傷，壓傷，以及說不出是什麼樣的傷。

「你能轉過身，讓我看看你長得什麼樣子嗎？」夢言問。

男人轉過身來。夢言失望了。這個男人，竟然只有一個背影。無論他怎麼轉，無論從哪個方向看他，夢言都只能看見一個背影，赤裸上身的，傷痕累累的背影。

「怎麼會這樣？」夢言問。

「人在想要得到一些東西的時候，必然會失去一些東西。」男人說。

夢言想起，石磊也說過一句類似的話：「上帝在打開一扇門的時候，總會順路關上另一扇門。」

前面是一條狹長的通道，通道兩旁掛滿了紅燈籠，紅得安靜，紅得詭異，紅得像是人的血。夢言一邊跟在男人的後面走，一邊看著這些燈籠。這些燈籠上面，似乎有著一種魔力，引人去探究它內部的奧祕。這是電燈嗎？這裡明明沒有一根電線。燈裡是蠟燭嗎？可是再長的蠟燭，這麼久也要燒光了。再說，又是誰把它們點起來的呢？夢言越想越是奇怪，忍不住伸手去摸。一摸之下，燈籠的火焰忽然一亮，一個乾枯的人頭從裡面鑽了出來，張大了嘴，咬向她的咽喉。夢言想躲，可是忽然有一雙手，從背後抱住了她！

「篷」地一聲，燈籠熄滅了，那個人頭不見了。是那個男人抱住了夢言，猛地一轉身，用自己的後背迎接了燈籠的攻擊。他的背上又增添了一道新的傷痕。

「這是妖燈鬼，不要招惹他們。有時他們會藏在人的家裡，偷襲人類。不過現在已經很少了，誰的家裡還有點起這樣的紅燈籠呢？」男人放開夢言，輕輕地說。

「你並不是只有一個後背，否則的話你不可能抱住我。」夢言說。

男人沒有吭聲，仍然慢慢地往前走去。夢言卻想起自己嫁給石磊的那天，固執地在家裡掛起了兩串紅燈籠。她和石磊的婚姻是瓶女的安排。也許是吧，可是又有什麼關係呢？石磊曾經是那樣體貼地陪她度過了那麼多日日夜夜。

狹長的通道終於走到了盡頭。

「到了。」男人說。「前面堆積的這些泥土，就是專門守在這裡，不讓靈魂通過的黏怪。它們其實只是普通的泥土，被邪惡的力量控制住了，會化成各種形狀，攻擊路過的一切生靈和魂魄。我把它們引開，妳要快些跑，很快就能回到外邊了。」

男人說完，向前走了一步。

「等一下！」夢言叫住了他，「你不是說你要離開這裡嗎？這樣一來，你不是仍然不能離開？」

「哈哈。」男人輕輕地笑了。「困在這裡很久，我早就想通了。這只是我的一個夢境。就算是死在夢境裡，又有什麼關係呢？夢醒了，我真實的生命會在另一個世界活得更好。」

「不，夢裡的你死了，你也就完了！」翼忽然現出身來說。

男人微微一笑，沒有理他，對夢言說道：「記住，把握時間，跑出去！」

說完，男人向著那堆泥土衝了過去。泥土立刻產生了變化，分成一坨一坨，變成無數的青蛙、老鼠、小鬼、蟲子，以及各種叫不出名字來的噁心東西，撲到了男人的身上。男人轉身就跑，後面的泥土紛紛變成了各種形狀，追了上來。終於泥土全部離開了，前方現出一條通道，一片月光。

「快，妳快跑啊！快離開！」男人大聲地叫著。

夢言忽然覺得他的聲音有些熟悉。

「不，我不走！」夢言也大聲地叫著，帶著哭腔，「你回來啊，我等你已經很久了！」

通道外面傳來沉重的腳步聲響，一個人跑了進來，是紀憶！

「夢言，妳沒事吧！」紀憶大聲地叫著。

「紀憶，你快救他，快救他啊！」夢言看到了救星，大聲求助。

「沒用的。」紀憶搖了搖頭。

「沒用也要救！」夢言固執地說。

「好吧！」紀憶點了點頭，雙手在胸前結了一個法印，叫了一聲：「凝冰術！」

撲在男人身上的黏怪們，立刻全部結成了冰塊，再也不能行動。男人解脫了，卻仍然站在那裡不動。

「你過來，快走啊！」夢言說。

男人搖了搖頭，沒有說話。

「不要勸了，讓他留在這裡吧！」紀憶說。

「不，如果他不走，我也不走。」夢言堅持著。

紀憶嘆了一口氣，向外面走去。那個男人猶豫了一會兒，也走了過來。夢言仍然只能看見他的背影，看他走過來的樣子，像是在倒退一樣。三個人都沒有說話，一直走出了這個奇怪的地方，來到了夢鎮的夜色下面。一道月光照射過來，滋滋作響，像是烤肉的聲音。

「看來，我不能跟你們一起走了。」男人說著，聲音有些淒涼。

夢言猛地一回頭，終於看清了這個男人的臉，是石磊。月光照在他的身上，把他的衣服、皮肉、骨頭……全都一一化去了，像是一塊蒸發在太陽底下的冰。

「煤氣洩漏的時候，我沒有能夠趕來救妳，讓妳失去了眼睛，很對不起。」石磊微笑著說，說完就消失了。

夢言伸出自己的雙手，卻只來得及抓住一捧月光。

「對石磊來說，這可能也算是一種解脫吧！」紀憶說。

夢言站在那裡，無聲地任眼淚落了好一會兒，情緒終於穩定下來，問紀憶：「瓶女呢？」

「不知道跑到哪裡去了。」紀憶無奈地說。

「我要找到她，把她抱在懷裡，再也不放開。既然我無法阻止她害人，那就讓她來害我好了！」

夢言的眼中滿是恨意。

「我們回去吧！」紀憶說。

「不，現在還不能回去。」翼再次出現了。「這個夢鎮上所有的人，都必須找到自己的面具，否則抽獎無法進行！」

「為什麼？」紀憶有些納悶。

「這是新加的一條規則，我也是剛剛才知道，別忘了負責抽獎的是一位精靈。而我，也是一位精靈。」翼說。

「這樣啊！」紀憶皺了皺眉頭，「這裡還有什麼人沒有找到面具嗎？」

「可能是那個戴大口罩的女孩。」夢言說。

紀憶也想起來了。他們下巴士的時候，是有這樣一個女孩，一下車就跑掉了。這個女孩的身上，又藏著什麼祕密呢？

「我們一起找吧！」紀憶說。

「不，恐怕時間來不及了。我們分開找，一定要找到她，無論她有什麼樣的心結，我們都要為她打開，讓她找到自己的面具。」夢言的表情很堅定，堅定得紀憶都快不認識她了。

「那好。」紀憶點了點頭。

夢言幾乎走遍了整個夢鎮，卻在回到大街上的時候，看見了那個戴著大口罩的女孩。

長長的街道在夢言面前，變得更加幽長，深不可測。一切似乎都有改變，破敗的房簷上枯草已經不再是凝固的冰絲，在風中搖擺起來。月光穿過樹葉的縫隙，在地上瘋狂的跳動，風把街邊店鋪門前舊竹簾吹得啪啪地響。夢言每邁出一步，空曠的街道上，她的足音格外清楚。

戴大口罩的女孩就等在那裡。她的行動有些古怪，不像在向前或是向後走，而是在原地輕輕地轉，猶豫不決著，所以當她果斷地轉向夢言時，夢言的心格登一下。

女孩的手中拿著一個面具，眉目如畫，讓夢言想起一個叫做《畫皮》的舊電影。在那個根據聊齋改編的電影中，一個惡鬼披著一張從美女身上剝下來的人皮，每天都要用筆在人皮上畫上一畫，畫得夠美了，滿意了，就往身上一披，轉眼間變成了一個妖嬈的女人。這個女孩也會變嗎？

會的。夢言看見，這個女孩把手上那個面具戴在了臉上，轉眼之間面具就不見了，呈現出一張很漂亮的臉。這張臉有些蒼白，可是絕對是美的，微微向上吊起的鳳眼，沉靜美麗的鼻子，線條優雅的嘴，加上略帶憂鬱的眼神，竟然是個絕色女子。她要做什麼呢？

很快，夢言看到女孩很嬌媚地笑著問她：「妳看我美嗎？」

「美，很美。」夢言實話實說，儘管她知道，這種美只是緣於那個面具。

女孩舞弄了一下身姿，笑了起來。笑著笑著，笑容凝結了，露出一種絕望的冰冷。她站定了身體，慢慢地從臉上揭下了面具，連同她的大口罩。那個神情很專注，像是扒下了自己臉上的一層皮。

「這樣也美？」女孩又問。這個時候，她的眼睛裡已經全是陰森森的寒意。夢言看見了她那張真實的臉，咬住嘴唇不讓自己喊出聲音來。這張臉不能用恐怖來形容，語言在它面前已經無能為力了，從它的兩側嘴角到耳邊，裂著一條大大的傷口，可以看到裡面腐爛的肌肉和鮮紅色的紋理，還有幾條蛹動著身體的肥大蟲子，鑽進鑽出。夢言驚恐的向後退著，女孩笑著，慢慢地伸出手，藉著月光可以看到她的手裡多了一把手術刀，刀刃上寒光閃閃。

夢言想要後退，但是退不開，女孩逼近的速度很快，手術刀已經挨上夢言的臉。

這個時候，要鼓起勇氣，鼓起勇氣。夢言深吸了一口氣，慢慢地，但是很清晰地把話說了出來：「妳很痛苦，是嗎？」

女孩愣住了。她震驚地抬起頭，像是不敢相信自己聽到的話，一顆晶瑩的淚珠滑下她的臉頰，在流過傷口處時，她的臉抽搐一下，那一定很疼吧！

夢言忽然一點都不怕了，取而代之的，是對這個女孩深深的憐惜。

「能告訴我妳的故事嗎？我願意為妳解開心結，幫妳找到自己的面具。」夢言說。

「那是一個和鋼琴有關的故事。」女孩說。

和鋼琴有關的故事

我是被一個造琴師造出來的。那是一個很有名的造琴師。每個人都說他造出來的鋼琴很神奇。當一個有緣的人彈起他造的琴，哪怕是不懂得音樂，也能彈出很美的曲子。彈琴的人只要想一想就可以了。如果他想到高山，那麼琴聲就會巍峨聳峙；如果他想到流水，琴聲就會奔湧洄流；如果他想到童年，聽到曲子的人，就會覺得自己也回到了嬉戲的童年。不知道這種傳說是不是真的，因為有緣的人一直沒有出現過。總之他很有名，找他製作鋼琴的人總是需要提前預約，而且往往還排不到。就是排上了隊，也很可能得不到他造的鋼琴，不管這個人是多大的官員，還是多有錢的富翁。他造琴必須是他願意，遇到他喜歡的人，他可能會造得快一點，遇到不喜歡的人，那就免談。他是一個很驕傲的造琴師呢！

有一天，造琴師的家裡來了一個奇怪的客人。其實他的家裡來客人已經是很奇怪的事了。他根本沒有什麼朋友。而且沒有他的允許，任何人都不能進入他的家門。而就在那一天，有客人來了。

那是一個身材高大而挺拔的中年客人，頭髮梳得一絲不苟。他穿著一身考究尊貴而又不顯浮華的衣服，衣領和袖口的鈕釦上都鑲嵌著叫不出名字來的寶石。一看就知道不是平凡的人。

「給我造一架鋼琴。」客人開門見山，「我希望這是你造出的最好的琴。」

造琴師顯然對這位客人早就熟識，也沒有推託，很認真地回答：「我的每一架鋼琴都可以說是最好的，但是到了不同的人手中就會不同。你應該告訴我是什麼人在等著彈這架琴，為什麼而彈，我才能按照你的意見把琴做出來。」

客人想了一會兒，回答了：「我不知道她是誰，因為這架鋼琴要在很久以後，才會有人彈起。她可能是我的妻子……」

「妻子？」造琴師笑了，「你這一生不知道要娶多少個妻子，我怎麼知道她是誰？」

客人也笑了：「我也不知道她是誰。我想，她是我未來的一個妻子。而且，也許她根本不會彈琴。」

「會不會彈琴並不重要。」造琴師說。他說得沒錯，只要有緣，彈他造的琴，不必懂得音樂。

可是客人說：「也許她根本不會擁有一架鋼琴。」

「那彈什麼？」造琴師一愣。

「我這個妻子，將來可能要遭遇一場災禍。」客人又說。

「災禍？為什麼？你會連一個妻子也保護不了嗎？」造琴師覺得更奇怪了。

「有些事情，就是我們龍族也無法改變。她的災禍緣於天遣，緣於我。這場災禍，連我自己也躲不過。」客人說。

造琴師沉默了好一會兒，終於說話了，叫著客人的名字，聲音中有著一絲苦澀：「囚牛……」

「囚牛！」夢言忽然叫出了聲。

「是的，那個客人的名字就叫囚牛。妳認識？」女孩定定地看著夢言的眼睛。

夢言平復著自己的心情，好一會兒才說：「沒事，妳接著說下去吧！」

客人笑了：「我知道，你也聽到過那個傳說，儘管他們都不告訴我，我還是知道了。我去偷看了那冊天書，第48,796冊很薄，只有一頁，上面寫著一句話。囚牛，龍第一子，生女安晴，亂妖界。」

造琴師嘆了一聲：「你還是去看了，有沒有被發現？」

「有。天罰很快就會降臨，我只爭取到一天的時間前來找你，希望能做些什麼。」客人說。

「你還知道些什麼?做為第一龍子，你的預感能力一直是龍界的姣姣者。」造琴師問。

「我會把我的女兒留在一處山谷，讓天書中的故事不會發生。做為天遣，我和我未來的妻子都會死去。我會抽出自己的龍筋，而她會死於一場大水。」囚牛說。

「她也會死？」造琴師愣了一下，「她只是一介凡人，就是天遣，也該網開一面的吧！」

「我也不清楚。我預感到的就是這樣。因為我留得住自己的女兒，卻留不住自己的外孫女。禍亂妖界的事，很可能落在她的身上了。」囚牛說。

（夢言心裡一驚，仍然沒有吭聲。她不明白，自己為什麼會禍亂妖界。）

「我知道了，」造琴師說，「你要我造的，是一架雙子琴。會有一個得到這架鋼琴的人，用琴聲喚醒你妻子的靈魂。這就等於她還活著。」

囚牛點了點頭，看著造琴師。

造琴師說道：「對一般人來說，這架鋼琴很快就能造好。但你是一個龍子。從天遣的程度來看，你未來的妻子似乎也不是常人……」

「她會是一個通靈師。」囚牛說。

「那麼，決定這架鋼琴命運的，將不是我的雙手，而是琴上的雙子。其中一個，在將來必須要解開自己的心結。否則這琴造了也是白造。」造琴師說。

「那就……聽天由命吧！」囚牛長嘆了一聲，離開了。

從那天起，造琴師斷絕了自己和外界的一切聯繫，開始專心造琴。他整天在工作室裡忙得不亦樂乎，似乎每一個工序都不滿意，廢棄的造琴材料堆滿了儲物間。終於有一天他鬆了一口氣，琴造好了。接下來他找到兩塊最稱心的木料，取出小刀雕刻起來。先是一鞋子，包住了一雙小腳，然後是小腿，是漂亮的裙子……一點點向上，最後雕成了一個漂亮的女娃娃木偶。木偶像是活的一樣，一雙眼睛帶著笑意看著他。他對木偶笑了笑，決定送她一件禮物，於是為她雕上了一對美麗的酒渦。接著他放下這個木偶，又拿起另一塊木料。有了第一次的經驗，第二個雕得快多了。很快，又一個女娃娃木偶被他雕成了形。

「好了。」他說。於是把兩個木偶都放在了鋼琴上。「妳們都該走啦！到人間去走一遭吧！」

說完他唸起了一段誰也聽不懂的咒語。每唸一個字，就有一個奇怪的光環飛起，變大，罩在鋼琴上。咒語唸罷，鋼琴消失了，連同兩個木偶一起消失了。只是，他似乎忘了一件事——第二個木偶，還沒有酒渦呢！

「後來呢？」夢言問。她想起了客廳裡那架鋼琴，以及鋼琴上的兩個木偶。其中有一個，正是這女孩現在的樣子。這一定不是巧合！

「後來，就有了我，還有了我的愛情故事。」女孩幽幽地說。

裂口女的故事

我的名字叫阿貞，從小就沒有父親，也沒有母親。我不知道自己是哪裡來的。也許我只是一個棄嬰，被路人救起了，送到了孤兒院。在那裡我慢慢地長大，上學了，懂事了，離開了。

身邊的人都說我長得很漂亮。可是漂亮又有什麼用呢？我一點也不在乎。我只想找到一個能養活自己的工作，平靜地度過一生。有人說我的性格像塊木頭。也許吧，這也沒什麼，我對木頭有著天生的親近。

根據報刊上的招募資訊，我來到了一處小鎮。我學過一些財會知識，在小鎮的一家私人診所裡做了收銀員。這是一家普通的診所，主人姓雷，我們都叫他雷醫生。雷醫生是一個很平凡的男人，卻有著一個不平凡的妻子。雷醫生的診所在一樓，處理一些普通病症。診所的二樓卻是一間整容手術室，由他的妻子雷太太負責。雷太太她可是遠近馳名的整容師，診所的收入主要來自她。

雷太太是一個很嚴肅的女人，總是用一種看待僕人的目光看著別人。可是這有什麼關係呢？我盡量不和她說話，只是躲在自己的收銀臺後面，做著自己的事。

我負責收款和記帳。「您好」、「再見」，我機械地重複著這兩句話，沒有患者時，就悶頭看小說，各種愛情故事把我的心漲得滿滿的，可是我的春天卻在千里之外，我被冰封在這個白色的世界裡。這樣的生活也不錯的。就算是永遠不改變，又能怎麼樣呢？

可是我的生活終究還是改變了。

那天也是在下雨，每到雨天我都會有些憂鬱，童年的往事像一根刺，扎得我的心絲絲縷縷的疼。突然一個聲音驚醒了我，「小姐，妳要等到雨停再收款嗎？」

我猛地抬起頭，看到一個男孩站在那裡，白色的運動服已經溼透了，黑色的捲髮綹貼在英俊硬朗的面孔上，手忙腳亂地收了他的票據和錢，心裡亂的像關了一個小兔子，蹦啊蹦啊的，眼睛都花了，怎麼也數不清手裡的錢。

他笑了，「有假鈔嗎？這麼認真。」我支支吾吾地胡亂應著，那邊的大姐已經察覺到異樣，向這邊張望，我定了定神，總算把這一筆收完了。他的身影消失在門口後，我的世界突然變得晴朗起來，我感受到一種快樂，心裡開出一朵花。很久以後我才明白，那是愛一個人的感覺。

他是附近學校的學生，看起來很壯的樣子，可是經常生些小毛病，沒事就會跑來開藥。我拿著他的單據，皺著眉頭，算了一遍又一遍，彷彿這是世界上最難的一道題。他不急不惱地看著我，有時會說些學校裡的趣聞，我聽著聽著會失神一笑。

「妳知道嗎？妳笑起來很美。」有一次他這樣說。我的臉唰的一下就紅到了耳根，這時正好雷太太路過，她用古怪的眼神打量了一下他，又盯了一下我，我嚇得不知所措。

後來從敞開門的診室裡傳出這樣的對話：

「那個年輕人什麼病？」雷太太問。

「沒什麼，他一定要開藥，我只能給他開些維生素。」雷醫生無奈地回答。

「他經常來？」雷太太問。

「經常。」雷醫生的回答令雷太太很滿意，她沒有再問下去。

後來，我們開始約會了。他的名字叫阿堅，父母在鎮上開著一家五金店。在大人的眼中，我們是理所當然的一對。那是我生命中最快樂的一段時光，每天晚上阿堅都會來找我，我們去河邊漫步，去草地上躺著看星星，或者在黑暗的電影院中偷接吻。對我們逐步升溫的戀情，家長們只有一個意見，就是在九月阿堅大學畢業後讓我們結婚。

就在那樣的時候，忽然有一天，雷太太走到了我的面前：「阿貞，聽說妳沒有家人的吧？妳要怎樣準備妳的婚事呢？」

是啊！一生只有一次的婚禮，我要怎樣準備呢？我沒有父母，也沒有兄弟，誰來幫我呢？我不知如何是好，裝作若無其事地笑了笑。

「要不，我幫妳準備，認妳做乾女兒？」雷太太也笑了。

我知道她只是隨便說說。雷太太的吝嗇，比她的整容術更要出名得多。她是不會幫我的。

「看到妳，就想起我的女兒呢！她出國留學，也快回來了。妳們真該好好認識認識。」雷太太說完，轉頭上樓去了。

雷太太的女兒，會是一個什麼樣的人呢？我不知道，因為雷醫生忽然派我去了另一個地方，催收多年拖欠的診費。我匆匆見了阿堅一面，簡單交代了一下，就離開了。

我離開了大約有一個星期。這一個星期裡，我每天都在提心吊膽，覺得會出什麼事。一想起阿堅，我心裡的感覺就怪怪的。我每天都打電話給他，一說就是很長時間，直到感覺到他已經很煩，才不放心地把電話掛斷。只有一個星期而已啊！又會出什麼事呢？一定是我自己太傻，太多心了吧！

可是還真的有事情發生了。

那天晚上，我回到了小鎮，到了診所。我沒有驚擾任何人，沿著熟悉的路走回我的住處。那是一個明亮的夜晚，月光靜靜地灑在診所旁邊花園一樣的小院裡。我輕輕地走過去，準備回到自己的房間。可是進入小院的一剎那，一幕場景讓我嚇呆了。就在院中的那棵合歡樹下，我看到了兩個身影，他們緊緊的擁抱著，緊得都透不過氣來。其中的一個正是阿堅。而另一個，是我嗎？

我幾乎懷疑那就是我。那個女孩穿著和我平時一樣的衣服，她長得和我太像了。那兩個人，他們就像沒有看見我，就像什麼也沒有察覺一樣，忘情地擁吻著。

不知過了多久，他們終於分開了，阿堅首先發現了我，他一驚，又看了看懷裡的人，猛的把她推開。氣急敗壞的跑向我，大聲說道：「妳才是阿貞，她欺騙了我。」我沒有看阿堅的臉，偏過頭盯著那個女孩看。那個女孩真的很像我，根本就是一模一樣。唯一不同的只是她臉上多出了一對酒渦。應該說她比我更漂亮。女孩正用一種挑釁的目光看著我。她究竟是誰？

阿堅看著我的樣子，試圖解釋，可是終於放棄了。似乎他也被突然發生的事搞混了。阿堅離開以後，是淚水陪著我度過了整個夜晚。

女孩的身分，我很快就知道了。她就是雷太太提到的，那個剛從國外回來的女兒。

從那天起，阿堅就開始躲著我。顯然他也知道了這一切。雷太太的女兒比我漂亮，又有著我無法比擬的學歷和家庭。我知道他會選擇什麼。愛情這個東西有時候似乎高到無價，有時候又似乎一錢不值。

幾天之後，我認命了。我準備離開，可是就在那個時候，雷太太叫住了我。

「我想送妳一件禮物，一個特殊的禮物。」雷太太平淡地說。

我滿不在乎搖了搖頭，笑了。她能給我什麼呢？

「我希望妳能接受我的禮物。」雷太太說著站起身，看向窗外，接著說道：「你們之間發生了什麼，我都清楚。有些事無法挽回，我送妳這件禮物，就當是替我的女兒向妳道歉吧！」

「不，您不要說了，什麼事也沒有發生……」

雷太太抬手阻止我繼續說下去，她接著說道：「我明白，可是這是我的一點心意，希望妳能接受，也許這可以讓我的心裡好受些。」

「是什麼？」我沒有別的選擇了。

「一對酒渦。」

雷太太的話正中我的要害，我不敢相信她能明察秋毫，竟然能窺視到我內心最隱祕的地方。如果我也有這樣的一對酒渦，也許結局就會有一些不同吧……我見過雷夫人給人做的酒渦，真的很美。那只是個小手術，很快就能痊癒。

當天下午我就動了手術。雷夫人說，刀口只要幾天就能癒合，我留了下來，靜靜地等待著。有一個心願藏在我的心裡。我想讓阿堅有機會可以看到我有了酒渦的樣子。他的選擇未必就是真的那麼正確。

到了第七天，我覺得事情似乎有些不對，雖然我按時服了雷太太開給我的消炎藥，可是傷口似乎有化膿的跡象，沒有癒合，反倒越爛越大了，臉頰上都出現了紅斑，皮膚又紅又腫，好像碰一下就要破掉。雷醫生對我的情況很擔心，開了很多藥給我。我關在房間裡，大把大把的把藥吞下去，開始後悔自己的草率。

整個月來一直在下雨，到處是泥濘和腐朽的味道，閣樓的家具上長出白色的毛，我能感覺到那些古老的木頭發著呻吟在腐爛，就像我的臉。我的臉上蒙著紗布，每天雷太太來給我換藥，偶爾雷醫生也會上來，可是他不抬頭看我的眼睛，目光從我的頭頂直射過去，像在迴避什麼。

那天下午，我心灰意冷的躺在床上，聽雨聲敲打窗子，突然一個熟悉的聲音驚醒了我。那是樓梯上傳來的腳步聲，是阿堅。我知道阿堅不是來找我的，可是我忽然緊張起來。

我已經很久沒有照鏡子了，根本不敢面對我的臉。可是不用看我也知道，阿堅看到我時會是什麼樣子。我驚恐地把身子掩在窗紗後面，觀察樓下的動靜。果然阿堅沒有來我的房間，他要找的只是雷太太的女兒。

忽然之間，我有一種衝動。我要出去，我要見他！我衝到門口，打開了我的房門。我怔住了。我看見雷太太正氣喘咻咻地站在門口，她用力拉住我的手臂，把我拖回房間。我掙扎著，她的力氣是那樣大，把我壓在梳粧檯的椅子上，揭開蒙在鏡子上的布，指著裡面的人對我說，「妳看看妳這個樣子，妳還想見阿堅嗎？」

我呆住了，鏡中的這個鬼是我？短短的一個多月，我已經面目全非，慘白的臉上，兩條鮮明的傷痕，可以看到腐爛著的肌肉和白森森的頷骨。我怔怔的看著，連用手遮住臉的勇氣都沒有。

過了一會兒，我撲到窗前，我想看阿堅一眼。不用他看我，我只看他。我看到了。他正和雷太太的女兒站在一起，兩個人手牽著手，神態是那樣的親密。為什麼，為什麼會這樣？

從那天起雷太太對我照顧得更周到了，幾乎是低三下四，可是我的病情沒有一點好轉。

轉眼又是一個月，我眼睜睜看著阿堅把雷太太的女兒娶走，看著他們的白色汽車消失在門外的樹蔭裡，所有應該屬於我的幸福都被她帶走了，我已經沒有活下去的必要。

那天下午，我溜出家門。寒冷的秋風給我提供了必要的保護，我跟街道上的人一樣，穿上長長的風衣，戴好帽子和口罩。診所裡的病人很多，我沒有引起任何人的注意。現在我要做的就是混到二樓，弄到一種藥物，吃下去，把痛苦永遠解決掉。

我剛要轉上二樓的樓梯，就聽到那裡有人說話。是雷太太吩咐護士的聲音，「我把阿貞的藥帶回去吧！」

「好的。」護士回答道。

我看著那名護士從樓上下來，走進藥房，出來時她沒有直接回家，而是進了隔壁的一個小倉庫。那裡平時是存放些不用的雜物的，我突然有些好奇。她離開後，我馬上走了進去。在亂七八糟的操作臺上，我看到一些空藥瓶和撕下的商標。我拿起其中一個，在醫院工作三年，已經讓我有了基本的藥理知識，這種藥我見過，是慎用藥，服用不當能引起人的血糖升高。我突然想起從我生病後，幾乎每天都在吃甜的東西。高血糖對人體最大的危害就是傷口不癒合，這麼說我一直在接受的所謂治療根本就是騙局，我的臉就是雷太太的傑作，是她送給親生女兒的禮物！

我不知在外面走了多久，回到家時，客廳裡燈光通亮，雷太太和雷醫生正襟危坐，他們已經發現我的失蹤了。我冷笑著盯住雷太太的眼睛，不管她如何掩飾，她對我能活著回來確實失望了。

我給了他們第二個打擊，揚起手中的空藥瓶。雷太太的臉色變得更蒼白了，她沒做任何解釋，重重坐回沙發，不動聲色地說：「妳想怎麼辦？就是現在停用藥物，妳的臉也不會復元了。我們可以給妳一筆錢，妳走得遠遠的。只要不再來打擾我們的生活就行。」

「打擾你們的生活？明明是妳在毀掉我的生活！」我氣得渾身發抖，歇斯底里地叫著。

門外傳來車喇叭的聲音，是阿堅和雷太太的女兒回來了。阿堅，真的是阿堅回來了嗎？我太沒用了，我不能讓阿堅看見我這個樣子。我要躲起來，我要躲起來……那個時候，我的眼前一片茫然，我不知道該躲到哪裡才好。迷迷糊糊中，我好像是上了樓。我看見了一個黑暗的房間，推開了門，我要躲進去。可是那個門檻真高啊！我搬過一張凳子，踩在上面，終於，我一腳邁了進去，我躲起來了，阿堅再也不會看見我的樣子了，再也不會了……

第二天，有人傳言，一個叫阿貞的女孩從樓上的窗戶跳了出去，她自殺了。從那以後，世上再也沒有了阿貞這個女孩，而是多了一個名叫裂口女的妖怪。

夢言伸出手，輕輕撫摸著裂口女的頭髮，這樣一個孤獨悽慘的鬼魂，怎麼樣才能得到真正的解脫呢？

「走吧，我帶妳回家。」夢言說，「如果可能的話，我一定要為妳找到那位造琴師，讓他在妳的木偶上加上酒渦。」

「回家，回家……我想起來了。我是一個木偶，一個沒有感情的木偶，我真的是一個木偶嗎？是的，我要回家，我不要再停留在這個世上。」裂口女喃喃地說著。

第十章

裂口女跟在夢言的身後，回到了她的住處。一走進房間，裂口女就消失不見了。夢言知道在哪裡能夠找到她，就在鋼琴那邊。

夢言走向鋼琴，拿起了鋼琴上的兩個木偶。一個是那樣美麗，另一個，也是那樣美麗。不知道什麼時候，那個裂口的木偶已經被修好了，臉上還多出了兩個酒渦。裂口女真的解脫了嗎？她的心結真的打開了嗎？或許人生在世，有些事情除了把它看開，再也沒有別的辦法。

夢言輕輕地撫摸著那個木偶娃娃的臉，她能認出這是裂口女的，因為雖然已經被修好了，可是這個木偶娃娃，眼睛裡正在流出一滴清澈的淚。

「怎麼樣了？」紀憶走了進來，劈頭就問。

「可能，現在她已經不是妖怪了吧！」夢言苦澀地微微一笑。

「不是妖怪，那就不需要面具了，我們走，快來不及了！」紀憶一把拉起了夢言的手。

夢言這才想起，第三個晚上已經快結束了，百妖節最重要的一刻已經快要開始。會發生什麼樣的事呢？他們能夠安全地離開這裡嗎？

大廳裡的場景跟那天一模一樣，那些人也像原來一樣坐在座位上，好像大家從來沒有離開過，每個人都表情嚴肅，盯著舞臺中間的光柱，等待著什麼。

精靈終於出現了，它的手裡多了一張紙，它微笑著揚了揚，把紙展開給大家看，上面一個字也沒有。

座席間發出嗡嗡的低語，每個人都默唸著什麼。

「就是妳。」精靈猛地用手裡的法杖向夢言一點，夢言身體一輕，已經飛到了舞臺中央。她不知所措的看著翼和紀憶，希望他們給一些提示，可是他們的臉上除了狂熱什麼也看不到。

「妳很幸運，可以達成自己的心願了，妳把它說出來吧！」精靈微笑著說。

「我的心願？」夢言結結巴巴的說，她想不到這個幸運兒是自己。其實那天她已經把心願寫在紙上了，她只想見一見自己的媽媽，那個生下自己就離開人世的人，她的懷抱是夢言夢寐以求的。可是就在夢言張開嘴巴，要說出心願的時候，她想起了雪童，想起了裂口女，想起了已經失去生命的石磊，想起了命運悽慘的狐狸精佩佩。她知道，在場的每一個人，都有著一個強烈的願望。和這些人的願望比起來，她自己的願望又算得了什麼呢？

「我，我的心願就是……」夢言深吸一口氣說道：「我的心願就是，在座的每個人都達成自己的心願。」

大廳突然安靜下來，大家都靜靜的看著夢言，連精靈都呆住了，可是剎那間，一道強光從天棚射下來，把所有人都籠罩進去，大廳裡傳來歡呼的聲音。

「成功了！」所有人都喊著一句話，他們相互擁抱著，夢言被大家舉起來，傳來傳去，直到再次回到精靈的面前。精靈的眼裡滿是淚水，它用跟它的身材不相稱的力氣抱了夢言一下，這才揮手讓大家安靜下來。

「我們等得夠久了，妖族終於可以再次興旺。」精靈說。

原來這是在妖界衰微多年之後，以很多妖怪的生命為代價，向天界和人間的法師們換來的一個機會。這是一個遊戲。遊戲中每五百年，將會有一百名妖怪被選中，送往夢鎮。如果他們全部在這三天內得到了自己的面具，然後全部達到了自己的心願，妖界就能獲得重新興旺的機會。

「這就能讓妖界重新興旺？」夢言不明白，「他們到底得到什麼了？」

「生育的機會。」紀憶解釋說。「妖怪的形成有很多種。有些是多年修練而成，有些是從生命的精神力量中化出來，還有一些是遊魂遇到了奇異的事件。但是不管哪一種，出現的機率都很小。能夠靠生育延續妖怪血統的，就更是少之又少。可以說，妖界的人口已經越來越少，妖怪的族群早在幾千年前就開始衰敗了。」

「原來如此。」夢言說。妖怪不像人類，基本上二十年就又可以傳下一代，因此變得衰敗，也是情屬正常。

夢言環顧了一下四周，她這時才發現，那些妖怪臉上的面具都不見了，每張臉都喜氣洋洋的。

「不，我們還沒有成功！」忽然有一個人叫了起來。他的聲音是那樣的沙啞，那樣的刺耳，每個人都清清楚楚地聽見了，一時間大廳裡寂靜絕望得彷彿每個人都看到了死神。

雪童沙利通。夢言看到，說這句話的人正是他。他為什麼要這樣說？

雪童向前走了一步，環顧了一下四周，他的那隻能夠看穿世情的獨眼閃爍著異樣的光芒：「剛才，就是夢言說出自己願望的一刻，我讀到了另外一個人心中的願望。那個願望說，她希望這裡每個人的願望都不要實現。這就是說，再也不會有車來接我們，我們要永遠留在這裡了。」

天哪，會有這樣的事。是誰用他自己的願望抵消了夢言的願望？就算是妖怪，也不應該有這樣的願望啊！

「是誰，究竟是誰？他為什麼要害我們！」大廳裡的人們都叫喊起來，也有一些開始咒罵，開始哭泣。

「那個人還在嗎？」紀憶問雪童。

「不在了，從在場的人心裡，我再也讀不到像剛才那樣冰冷的聲音，她一定是已經離開了。」雪童頹然地說。

「我知道了，現在整個夢鎮，不在這裡的妖怪只有一個，就是她——瓶女。看來她已經重新修成了人形，而且也找到了自己的面具。」

「那我們應該怎麼辦？」雪童問紀憶。

紀憶搖了搖頭：「我不知道。我們這裡沒有人能對付得了瓶女。哪怕我們大家全加起來，也不能。」

「沒有人可以幫忙嗎？比如說，這個主持抽獎的精靈？」

紀憶苦笑了一下：「妳能讀到這個精靈心裡想的是什麼嗎？」

雪童用他的獨眼看了精靈一眼，搖了搖頭。

「這個精靈，其實只是妖界的一個程式，它根本沒有自己的靈魂，又怎麼可能幫助我們？」紀憶說。

所有的人都沉默了。

「我知道，還有一個人可以幫我們，她就在那裡，一定在！」夢言忽然大聲地說。

「妳是說……雙子琴？」紀憶忽然問。看到夢言點了點頭，紀憶大聲叫了起來：「大家不要急，我們去想辦法，一定會幫大家離開這裡！」

說完，紀憶拉著夢言離開了大廳。

「等一下，我也去！」雪童從後面跟了上來。

回到住處，夢言來到了鋼琴邊。這是一架夢言很熟悉的鋼琴，除了上面的兩個女娃娃木偶，其中一個正是當初的裂口女。如果裂口女的故事是真實的，那麼這架鋼琴，現在可以喚醒夢言外婆的靈魂。夢言打開蓋子，沉默了一會兒，開始彈奏。

她不會彈鋼琴，可是鋼琴在她的手指下，自己奏響了。正如造琴師所說，奏響的是她心中想了很久的聲音，奏響的是她的童年。這段琴聲是如此的熟悉，好像她從小就在聽著，後來在安娜夫人的身邊，也那樣安閒滿意地聽著。琴聲像是夢幻般地流淌在整個客廳，流淌在整座房子，流淌到了院子裡。院子裡覆蓋的白色冰雪被琴聲融化了，變回了當初的顏色，那些被安娜夫人培育過的花花草草，重新恢復了生機。

「汪汪！」這是安娜夫人的愛犬丁丁的叫聲。

一股熟悉的香味從廚房裡傳了出來，那是安娜夫人烤的香橙薄餅。

不知道什麼時候，門被打開了，一個慈祥的老婦人抱著丁丁站在了門口。這時，夕陽最後一點餘輝正輕輕的抹在她的背影上。雪白的頭髮變成了金黃色，有一條俄羅斯純毛大披肩溫暖又貼身地裹在她微胖的身上。

「安娜夫人！」夢言撲過去，不由分說抱住她，眼淚撲簌簌地落下來。

「傻孩子，我在，不要怕。」安娜夫人撫摸著她的背，讓她安靜下來。

「我知道就是妳，可是怎麼會是妳……」夢言不知從何說起。

「我也知道。」安娜夫人說著突然嚴肅起來，定定的看著她說，「妳仔細看看，我是誰。」

夢言認真的端詳著安娜夫人，突然一種異樣的感覺襲來，她跳起身，叫道：「妳……妳是外婆！」

「對，我就是妳的外婆。」安娜夫人慈愛地笑了。

外婆的故事

妖怪和人類共存只是很短暫的一個時期，很快人類變得強大起來，妖怪被驅逐，直到失去最後的領地，轉入地下，成為不被公開承認的或者說在人類的眼中根本不存在的東西。

妖怪不甘心這樣的結果，也做過一些努力，可是並沒有什麼作用。人類的科學越來越發達，能力超過了妖怪的法力，很多妖怪操縱的靈異事件，被科學輕而易舉地解釋成自然現象，妖怪已經沒有生存的空間了。

可是它們不甘心，想奪回失去的一切。就在一百年前，有個妖怪先知預言，改變妖怪命運的人幾十年後會出生，成敗在此一舉。

那一年外婆還只有十八歲，家人都叫她小紅。小紅的家住在一個偏遠的村落，可是總有陌生人找來，神神祕祕地待一會兒再離開。她知道，那些人是來求神的，她的媽媽是靈媒。從小她就跟妖怪生活在一起，因為是妖怪和人類連結的載體，媽媽有著一些驅使妖怪的權利。小紅從懂事起就知道她的生活和別人家不一樣，那些人家吃穿都成問題時，她家從沒缺過糧食，朋友們衣衫襤褸的站在陽光下啃著乾硬的菜丸子時，她手裡會拿著一塊帶奶油的小點心，身上穿著紅緞小夾襖褲，腳上是繡花鞋。

她想要朋友，可是沒有人敢跟她玩，所以她只能跟妖怪做朋友。

因為從小就見過各種妖怪，所以小紅不知道什麼叫害怕。她最好的朋友是個掃帚妖。沒人說得出這把掃帚在小紅家用了多少年，綁在上面的紅布條都磨得顏色晦暗了。每天晚上鋪床時，它會自動跳出來，認真地把地掃一遍。然後就乖乖地躺在小紅的枕邊，跟她小聲嘀咕。小紅媽總會生氣地打斷她們，叱道：「別說話，快睡。」

小紅吐一下舌頭，掃帚縮一下脖子，暫時沉默了。掃帚妖不喜歡出門，卻喜歡打扮自己，讓小紅每天採些野花回來，一一地插在身上，扭來扭去地走路，妖冶十足。小紅出門時喜歡帶上蛇精，據牠自己說已經修練八百多年了，可是掃帚總說牠在吹牛，最多不過八十年。小紅沒有能力辨出真偽，這些也沒有意義，反正它們活得都比自己長得多，知道的事也多得多。聽它們東一句西一句地閒扯，這個世界就變得很大、很豐富。

那年的端午節，清晨小紅就出了門，她要採回帶著露水的艾草和蒲劍。田間已經有些人在工作，小紅沿著小河走下去，今年的雨水好，艾草長得高大，小紅很快採好一竹籃。她剛出現在村口，就見媽媽張狂地跑過來，用力拉住她，飛快地往家裡奔去，一路上還不忘了胡亂往她的身上貼各種符。

她們跑進家門，小紅就嚇呆了，小小的院落被各種符覆蓋了，這裡簡直就是黃草紙的世界。小紅爸那個老實忠厚的鄉下漢子，拎著一大籃符，還在貼個不停，樹上，籬笆上，甚至屋簷下去年曬乾的苞米都不放過。

小紅被媽媽關進後屋，屋子裡沒有一絲光，她被五花大綁，媽媽給她蒙上一床貼滿符的被子，然後就盤腿坐在她的身邊，低聲唸起來。掃帚精不安的在小紅的身邊轉著，掃著看不見的灰塵。蛇精本來昨天晚上就走了，端午對牠不是個好日子，牠要去山裡躲上一天。可是今天牠卻意外地回來了，焦躁地在層裡游來游去，充滿了不安和恐懼。

「媽，怎麼了？」小紅怯生生的問。

「別說話。」小紅媽的聲音顫抖著，「今天是妳的劫日，我剛算出來的，不知我的法力能不能護得住妳。」

「它來了！」掃帚精和蛇精異口同聲叫道。

小紅媽的咒語唸得更大聲了，可是卻壓不住那腳步聲音，它逼仄過來，一步一步，小紅的心提到了喉口，她不知道要面臨的是什麼樣的噩運。

門被撞開了，陽光從外面射進來，小紅閉上眼睛，又迫不及待地睜開，努力看門口那團白影。白影是個人，一個少年，清秀的一張臉，嘴角帶著笑，身上的白袍子一塵不染。

他對著驚恐萬狀的小紅媽深施一禮，說道：「母親，我來迎娶小紅了。」

小紅媽慘叫一聲翻身倒地。小紅發現自己身上的束縛瞬間都不見了，她自由了，剛要去扶母親，就覺得身上一輕，再看已經到了那少年的懷中。他的懷裡有一股香氣，小紅的心神一蕩，就軟綿綿的動不得。轉眼間他們已經騎在一條白龍上，穿上雲霄，向遠方而去。小紅向地面看著，媽媽和爸爸越來越小，成了兩個小黑點。

這是小紅最後一次見他們，在那之後的十幾年歲月中，她一直住在忘情谷中。少年是谷主，後來小紅得知，他是一個被貶的龍子，所以蟄居在忘情谷的深潭中。

花開花落，忘情谷不記春秋，小紅越發嬌豔如花，她當了母親。龍公子看著自己的女兒足有一刻沒有開口，引得小紅也細細端詳，女兒很美，幾乎集合了她和龍公子的所有優點，她看不出有什麼不妥。

龍公子終於嘆了，「怎麼也看不出有什麼異樣，難道真的是她？」

「你這是什麼意思？」小紅不解地問。

「妳知道我為何被貶嗎？」龍公子問道。小紅搖了搖頭，這幾年間他們感情甚好，可是龍公子從來不提過去的事。

「因為我偷看了天書。」龍公子嘆了一口氣。

龍有九子，龍公子排行老大，叫囚牛，喜歡音樂，性格開朗散漫。從他出生起，就知道有一個關於他的傳說，可是不管他問什麼人，都不敢講給他聽。這種若有若無的疑問，勾起他的好奇心，破解謎團成了他最大的願望。這個願望終於找了實現的機會。

那一年囚牛和父親、兄弟一起去給姑母拜壽。龍女交遊甚廣，來的人有上仙有妖怪，一時間龍宮熱鬧非凡。席間囚牛偶遇一個仙人叫呂洞賓，他性喜玩笑，看到囚牛就笑道：「這就是那個要生貴人的小龍？」龍王聞言狠狠地瞪過來，呂洞賓狂笑著走開了。囚牛卻動了心思，他心生一計，連夜趕回家裡。龍王存了一壇好酒，就埋在龍宮後花園的雪柳樹下，那酒名忘憂，據說不管是人是仙，喝了以後就會飄然忘世。

龍宮裡的人都在熟睡，沒人注意囚牛的出現。他直接進了後花園。雪柳樹根枝堅硬，他花了半天的工夫，才算挖出酒來，眼看天光已經放亮，抱在懷裡就急忙往回趕。

已經有些客人陸續踏上返程，囚牛不安起來，也許自己已經晚了一步。就在他急切之時，卻見呂洞賓在那廂向他招著手笑。

「世上本無事，庸人自擾之。」呂洞賓喝了一口酒，臉上就泛起一片紅光，嘖嘖稱好，不等囚牛開口，他就擺手笑道：「我知道你要問什麼，別問了。你現在就去仙界如意宮，那裡有世間所有前世、未來的記事薄，第48,796冊就是你的。他們不懂，有些事註定發生的，就要發生，爭是爭不來的，順應天命……」

囚牛無心再聽下去，就急忙奔向自己的命運去了。

第48,796冊很薄，只有一頁，上面寫著一句話。囚牛，龍第一子，生女安晴，亂妖界。

囚牛還想再看，已經被人發現，他受到的懲罰就是，永居忘情谷，不許跨出一步。谷裡的歲月很安靜，囚牛經寒度暑，等著改變自己命運的日子到來。生女安晴，就是說他會有一個女人，是誰呢？

小紅的出現像天意，十五歲那年，隨隨便便就過了忘情谷外的奇石陣，一頭撞了進來，而且她跳進忘情潭，洗了一回澡。囚牛只看一眼就知道，這是自己的女人，三年後將要迎娶她過門。

「你說我們的女兒會亂妖界？」小紅不安地看著眼前這個美麗的嬰兒，怎麼也看不出她有什麼能力去做那麼大的破壞。

「管他呢！亂不亂與妳又何干。」囚牛說罷，抱起女兒，大聲說：「妳就叫安晴。」

嬰兒輕輕地啼了幾下，又咯咯地笑出來。

安晴的成長歲月很寂寞，忘情谷裡寸草不生，不僅如此，這裡除了他們一家三口，沒有任何生靈，就連一隻小蟲子也沒有。上天在懲罰龍子時，想出了一個最殘忍的辦法，就是讓他置身世外，與生靈隔絕。安晴沒有見過真正的塵世什麼樣，從出生起她就習慣了這種安靜，沒有任何聲音的安靜。父母說話和走路都很輕，事實是如果用些力氣山谷就會發出很大、很恐怖的回聲，回聲過後是更大的空寂。

安晴的生活很豐富，父親教她讀書識字，把成卷的書背給她聽，母親則教她女紅，她在花架前看到了各式各樣的花草、動物和人。就這樣一天天，她長大了。

每天到了黃昏時分，父母就會回到自己的房間，關上房門。安晴知道有些事是她不應該知道的，可是此時的她真的很寂寥。坐在巨石上，看太陽最後掙扎一下沒入黑亮，看月亮點亮滿天星光，這些恆久不變的景色已經熟悉得不能再熟悉了，讓她厭倦，她希望有一些改變，可是除了偶爾會下一次雨，是不會有任何變化的。

從母親的口中得知，那雨是龍子的某個兄弟來看他，雖然安晴並沒有看到自己傳說中的叔叔的樣子，可是下雨的時候她還是很興奮，在雨水中跳啊蹦啊，像個淘氣的孩子。這時父母也是最開心的時候，他們都瞇著眼睛站在雨中，發呆。

安晴從沒吃過什麼東西，她不知道餓，父母也是這樣，忘情谷不僅讓人忘情，也讓人忘飢。所以聽父親講述書中記載的美味時，她會吞下很多口水，她知道，這世界上有很多東西，是她看不到、摸不到的。

這天的黃昏下了一點小雨，更確切地說只是隨意灑了幾滴露水，安晴的父母沒有從房間裡走出來，安晴已經感覺到石頭的冷意升上來，包圍了她，是時候回到房間裡，躺在溫暖的被窩裡，接著去做那些不可能實現的夢。

就在這時，她聽到了一點聲音。是，確實是聲音，很細小，很輕脆，可是它存在。安晴抑制不住心裡的激動，奔著那聲音的出處小心地靠進去。

那裡躺著一隻奄奄一息的鳥。安晴從書上看過這種東西，牠們長著羽毛和翅膀，可以在天上飛，叫聲很動聽。眼前這隻鳥是黃色的，長著紅色的尖嘴巴。安晴小心地把牠捧在手心裡，牠的腿上有傷。

安晴有了祕密，她開始盼望一個人待著，只要離開父母的視線，她就迫不及待地衝進房間，把藏在那裡的小鳥拿出來，小鳥眨著圓圓的眼睛，張開小嘴。嚇得安晴急忙上前按住，驚惶失措做了一個禁言的動作，小鳥似乎看懂了。從牠見到安晴起，確實沒再叫過一聲，可是那一聲對安晴已經足夠了。

安晴給小鳥取了一個名字，叫畫眉。其實她知道，這隻小鳥不是畫眉，可是她喜歡這兩個字，說不出的感覺，像個懷春少女的心事，在鏡前虛度春光，把歲月一筆一筆畫進眉毛裡。這從某種意義上講有些像安晴的處境。

畫眉來了有一個月了，腿上的傷完全好了，而且牠也不用吃東西，似乎忘情谷有什麼神祕的力量。安晴最初擔心牠會餓死，可是很快發現這擔心是多餘的，畫眉的羽毛日見豐滿，長得很美，羽毛是澄明的黃，黃得耀眼。

那天是月圓之夜，安晴怎麼也睡不著，索性帶著畫眉溜出房間，她翻山越嶺，終於來到了忘情谷裡離家最遠的地方。

她把畫眉放在地上，畫眉輕輕跳了幾下。安晴俯下身，盯著畫眉烏黑的小眼睛說：「你輕輕叫一聲給我聽。就一聲，一定要輕啊！」

畫眉似乎聽懂了，張開嘴，婉轉地啼叫了。安晴快樂得要飛起來了，她捧起畫眉，把臉貼在牠的羽毛上，輕輕地撫摸著。

一陣暈眩，安晴似乎感覺到有什麼變化，她睜開眼睛，吃驚地發現，畫眉不見了，取而代之的是一個黃衣少年。

少年說他叫畫眉。

安晴的祕密變得更加驚心動魄，她忐忑不安地度過每個白天，迫不及待的迎來每個夜晚，焦急地等到父母的房間再也沒有一點聲息，她就會帶著畫眉狂奔向遙遠的地方，在那裡和他縱情歡樂。這日子又痛苦又甜蜜。

快樂的日子總是很短暫，安晴知道有些事她再也瞞不住了，她那日漸突起的肚子裡，有了一個小生命。安晴變得坐立不安，她每天都在胡思亂想，想父母知道自己情況後的暴怒，想這個小生命會是個人還是妖怪……

母親和父親一如既往的安祥，十幾年如一日的山谷生活，讓他們似乎都麻木了，狀態更接近任風吹雨淋凝然不變的巨大石頭。等所有的一切都瞞不住時，安晴的肚子已經大得驚人，母親似乎第一次發現女兒的變化，先是呆呆地看著，然後突然慘叫一聲倒在地上，聞聲趕來的父親只是喃喃地說：「是天意，是天意。」

「天書上說的事，已經發生了。妳我緣分已盡。」囚牛說，「妳將以兩個身分生活在人世間，和一架鋼琴結下不解之緣。妳的生命將終結於一場突發的大水，但是當鋼琴重新奏響的時刻，妳會再次回到人間。」

畫眉不見了，像他來時一樣突然。安晴在痛苦中生下一個女嬰，就再也沒有睜開眼睛。她的血從床上流下去，一直流向山谷深處，像一條河。血河流到的地方，傳來轟隆隆的巨響，龍子囚牛大張著雙眼，呆呆的看著巨石撲天蓋地而來。最後的關頭小紅把女嬰抱在懷裡。

小紅睜開眼睛時，吃驚地發現自己躺在床上，房間昏暗，燭影搖晃，一股人間的霉味撲鼻而來。

「娘，妳可嚇死俺們了。」一個矮胖的女子甩著鼻涕說道。

就這樣，小紅返回了人間，其實這十幾年在世人的眼中，她從來沒離開過。她十八歲那年生了一場病，人變得有點呆，不過這不妨礙她出嫁和生下一堆兒女，她呆呆的伺候孩子和豬，做飯洗衣，直到昨天，她的大女兒在生產時流血不止身亡。在得到這個消息後，從來喜惱不形於色的小紅暈倒了，回過神時，她的靈肉才算合為一體，這一分就是十六年。

小紅成了靈媒，遠近聞名。她給外孫女取名叫夢言，她的人生何嘗不是一場夢呢？

第十一章

「原來是這樣，怪不得紀憶說囚牛是我的外公。」夢言對自己的身世曾經有過很多種猜測，現在才終於大致弄清。「那麼，我的外公囚牛，長得是什麼樣子呢？」

「他是一個少年，永遠也不會老的少年。」安娜夫人微笑著回答。

「少年？」夢言和紀憶一同出聲，顯然他們都感到有些奇怪。

「怎麼？」安娜夫人不解地問。

「可是我聽說的外公，是一個中年人。」夢言回想著裂口女的描述。

「我聽說的外公，皮膚白得像雪，他的頭髮是純白色的，眼睛是銀灰色，他的相貌很英俊，無論走到哪裡，伴隨他的都是一場風雪。至於年齡，可能是二十歲，也可能是四十歲，無法確認。」紀憶說。

「是嗎？」安娜夫人聽完，並沒有回答，淡淡地看了看兩個人，又慈愛地撫摸著夢言的頭髮，手指慢慢向下，停在了她脖子上的那條紅繩上面：「其實我一直也沒有離開妳。」

「一直？」夢言不解。

「在妳雙目失明的那些天，每天為妳送去一束鐵百合的人，就是她。」紀憶插了一句。

「那我現在應該怎麼辦？石磊已經沒有了，我們也離不開這裡了，還有一個瓶女躲在暗處，時刻等著害人！」夢言問。

「我們要做的，是解開瓶女的心結。」安娜夫人鄭重地說。

「心結？她能有什麼心結，她就知道害人，害得我們所有的願望都落空了，再也沒辦法回去了。」夢言說。

「相信妳的外公，他既然讓你們承擔起守護瓶女的任務，就自然會有他的道理。」安娜夫人說。

「瓶女那樣壞，我們為什麼還要守護她？」夢言被安娜夫人說得莫名其妙。

「瓶女壞嗎？她哪裡壞了？」安娜夫人微笑著問。

「瓶女做過很多壞事。她吸走了一個乞丐的靈魂，又吸走了汽車上很多的人。很久以前，她還吸過很多人的精氣，把他們全都都變成了乾屍。要不是這樣，外公怎麼會把她打回原型？」夢言義正辭嚴地說。她根本不明白安娜夫人為什麼會這樣護著瓶女。

「她把很多人變成了乾屍？誰說的？」安娜夫人的眼睛中露出了一絲不解。

「是我。」紀憶說，「其實，我也只是聽說……」

「聽你外婆說的吧？」安娜夫人笑了。「你的外婆還說過瓶女什麼？」

「她還說過，瓶女把一個蜃精收進了身體，成為了她自己的心，才擁有了製造幻境的能力。」紀憶說。

「可是囚牛當年對我說過，瓶女並不壞。」安娜夫人認真地說。

「被愛情沖昏了頭的男人，就算是龍子，又能說出多正確的話來？」紀憶質疑地看著安娜夫人。

「看來只有找到瓶女，才能弄清問題的真相。」夢言說。

「你們去吧！我在這裡等你們。」安娜夫人環顧著四周，「很久沒回家啦！看來需要好好打掃打掃。」

夢言、紀憶和雪童阿苛都沒有追問有關囚牛的問題。他為什麼會以不同的形象出現？也許安娜夫人不願意說出來吧！

他們一起離開了安娜夫人的家。外面仍然是那個冰天雪地的世界，小鎮雖然不大，但是瓶女可能躲在每一個角落，除了慢慢搜尋，竟然沒有別的辦法。幸好有雪童阿苛在，他記住了瓶女心中的聲音。就算瓶女使用幻術，也無法不被他察覺。

兩個男人把夢言夾在中間，三個人一起走過一條條的街道和小巷，走進每一處房子。現在妖怪們全都集中在抽獎的大廳等待他們的消息，其他地方都空無一人。

「奇怪，平時走這麼久，我應該已經很累了。」夢言說。

「不，現在體力最充沛的，反而應該是妳。」紀憶說。

「為什麼？」夢言不解。

「因為妳的外婆，也就是現在的安娜夫人，在摸到妳脖子上的紅繩時，為妳解開了那條龍筋上的力量。現在妳的身上正在散發出很強大的龍息。」紀憶說。

怪不得安娜夫人那樣放心，讓她和這兩個男人一起出來尋找瓶女。

「不好！」阿苛忽然叫道，「瓶女現在早已不是一個花瓶，她擁有了行動的能力。以她的本事，當然能感覺到這股龍息。如果她總是遠遠地避開，那我們不是永遠找不到她？」

「不會的。」夢言說。經紀憶一提醒，她開始努力感覺著自己身體的變化，體會著身上那股奇異的龍力。「我想，我在獲得龍力的時候，已經獲得了外公的另一種力量——龍的預知能力。我感覺我們一定能找到瓶女。」

「也許瓶女根本就不會避開我們，畢竟她也是一個女人，還有著一顆蜃精之心。強大的龍息，對她有著莫大的吸引力。」紀憶說。

「她來了。」雪童阿苛忽然說。

「在哪裡？」夢言問。

「她的心聲在說什麼？」紀憶問。

「她的心聲……無法形成文字，」阿苛說，「那是一種欲言又止的心聲。就在那裡！」

紀憶伸出右手，猛地喝了一聲：「劍！」

一坨冰雪出現在他的手中，迅速延伸，形成了一把透明的冰劍。夢言也握緊了拳頭。三個人一起向前看著。前方是一個小院子，沒有一個人，兩件灰布的女式長袍掛在一條鐵絲上。

長袍輕輕地扭動著，就像兩個少女的腰肢。扭著扭著，長袍落了下來，掉在了地上，卻沒有軟落下去，而是像人一樣的站住了。像是伸了一個懶腰，長袍的衣領處鑽出了兩個髮髻蓬鬆的女人頭，女人頭睡眼惺忪，一副扶頭酒醒的樣子，很不耐煩地一起向三個人揮了揮袖口，輕柔的動作讓人不由得想到，如果有手，那也是兩雙很美的手。

「回去吧！有些事情，不是你們應該知道的。」兩個女人頭說。

「我不知道你們是誰，可是請妳們讓開。我們要找的是瓶女。」夢言說。

兩個女人頭對看了一眼，其中一個問另一個：「喂，你還記得天上的食神嗎？包餃子，還記得嗎？」

「嘿嘿，包餃子，包餃子……」另一個點點頭笑著，嫵媚中帶著陰森。

「那就去吧！」前一個說。

話剛說完，兩個女人頭連同她們的長袍，「嘩」地一聲向前撲去。長袍在靠近三人的瞬間忽然變大，一左一右，把紀憶和阿苛包在裡面。兩個男人在長袍裡奮力掙扎，左一拳右一腿，紀憶的冰劍更是在長袍上頂出了一個尖銳的鼓包，可是長袍卻絲毫無損。

「嘿嘿，餃子，又包了兩個餃子……」兩個女人頭笑著，像是哪一家的兩個少婦，又為自己的丈夫和孩子準備了一頓美食。

這樣時間一長，兩個人不是要被悶死了！夢言急壞了，伸出手抓住了兩件長袍，用力撕扯。可是長袍很結實，根本撕不開。

「外公，幫幫我！」夢言叫著，帶了哭腔。

驀然間一道白光閃過。夢言看見自己的雙手上忽然生出了很多銀光閃閃的鱗片，十指的頂端，忽然長出了鋒利的指甲。這是……龍爪！

裂帛之聲響起，同時響起的還有兩個女人頭的嘶聲叫喊。

長袍被撕開了，瞬間化成了無數隻彩色的蝴蝶，在小院中翩翩飛舞。兩個女人頭不見了。紀憶和阿苛站在那裡，發出沉重而急促的喘息。

「我是第一次見到這樣的妖怪。」過了一會兒，紀憶說。

三個人收拾未定的驚魂，回到了安娜夫人的房子。

聽了三個人的敘述，安娜夫人沉思了一會兒：「我聽囚牛講過天下的妖怪。這一種叫做布妖，不是人間的妖怪。」

「那是什麼？」夢言問。

「這種妖怪來自天界。那是仙人穿過的衣服，得了天地間的精氣變成的妖物。」安娜夫人說。

「天界？為什麼天界會參與到這件事裡來？」紀憶問。

世間本就分為天界、人界和妖界。高高在上的天界很少參與人界與妖界的事，以他們的能力，如果參與進來，那就麻煩了。

「天界從一開始，就在介入這件事。」安娜夫人說，「那本天書記載的，只是一個開端。天書上說，我和囚牛的女兒安晴會攪亂妖界。囚牛為了避免這件事的發生，把安晴留在了忘情谷。他卻不知道，天命是不可違抗的。攪亂妖界的命運，被轉嫁到了夢言身上。」

這一點夢言早就聽說過了，可是她還是有些不解。畢竟現在夢鎮的妖怪們面臨被困的結局，這筆帳只能算到瓶女的身上，不能怪她。

「既然囚牛留下了龍筋給妳，那麼妳就註定會和瓶女有著千絲萬縷的糾葛。這一些可說不是因妳而起，卻也可以說是因妳而起。」安娜夫人看著夢言。

「我倒希望我和她沒有任何關聯。」夢言疲憊地說。

「不，這次她之所以放出兩隻布妖出來，就是為了讓妳知道，這件事正在受著天界力量的影響。瓶女需要妳的幫助。」

「我會幫助她?!」夢言憤憤地說。

「是，妳一定要幫助她，否則的話，妖界的大亂就無法避免。」安娜夫人靜靜地說。「我想，在妳下定決定要幫助她之前，妳是不會再見到她了。」

如果見不到瓶女，就不能破解這島上的一切祕密。也許他們只能眼睜睜地看著瓶女把島上這些妖怪，一個個吸光了精氣。夢言覺得自己頭很痛，她無法說服自己去幫助這個邪惡的妖怪。

「要不要聽我跟妳說說瓶女的故事？」安娜夫人說，「這是妳外公囚牛親口對我說過的，也許和妳以前聽說過的並不一樣。」

瓶女的故事

在還沒有遇到蜃精之前，瓶女真的是一個邪惡的妖怪，儘管無論從哪個方向看去，她都是一個完美的少女。她總是穿著一件輕柔的白色紗衣，配著一條合身的紅裙子。馬尾辮高高地豎起來，烏黑的劉海襯著白細的皮膚，讓每一個路過的少年都為之側目。

但是那時候，她還沒有遇到過真正的少年。她所居住的也只是一個很偏遠的村子。這個村子偏遠的能被歷史遺忘，能被一切人遺忘。有人說這一帶曾經是一片大海，後來海水退去了，才有了這個村莊。這可能是真的，否則的話，沙土地裡怎麼會有那麼多奇怪而漂亮的貝殼呢？瓶女住在這個村子裡，並沒有覺得有什麼不妥。她跟其他平凡的女孩子一樣，一樣愛漂亮，一樣性格溫婉，一樣靜靜等著時光流過。

唯一不同的是，她是一個妖怪，她的食物和別人不同。她的食物，是男人的精氣。她知道自己這個祕密是不能被別人發現的，好在也沒有人發現。她時常坐在村口的路邊向遠方眺望，那個時候夕陽很美，白雲很美，樹木很美，都是很美的風景。她甚至讓自己一動也不動地坐在那裡，把自己也坐成了風景的一部分。

她就在那裡悠閒地等，等待著她的食物。一個旅人路過，看到了她，眼睛裡有了火花。她微笑了，溫柔地伸出手去，用一條洗得白白的手帕幫旅人擦去他的汗水。她牽著旅人的手，帶他到森林裡休息，幫他生起一堆火，幫他做出美味的食物。旅人一邊吃，一邊癡癡地看著她，露出各式各樣的笑容。笑容有時是溫和的，有時是放肆的，有時是貪婪的，還有的時候，像是一個長者看著自己的孩子。但是無論如何，他們眼中的火花都不會熄滅。自從見到這個美麗的少女，他的眼中的火花就再也不會熄滅了。

後來，夜色就包圍了這片樹林，各種蟲子就唱出了美妙的聲音，天上的星星或月亮也送來了它們最淳和的光芒。女孩就站起來，跳起了她跳過多年的舞蹈。她是一個永遠不會老的女孩，她的舞蹈每跳一次，都比上一次更加迷人。她圍著火堆跳躍著、旋轉著，像是一個夜的精靈。隨著她的舞蹈，她的身邊響起了最純淨的雨滴打在最潔白的瓷器上才會發出的聲音，叮咚悅耳。隨著她的舞蹈，她身上的衣衫一件件地飄落在腳邊。隨著她的舞蹈，旅人眼光中的火花呼啦一聲，就燒著了。

很快，這火焰就把這個旅人包裹起來，把他變成了一個燒灼的生命。很快，這個男人的雙臂就把這個女孩也包裹起來，把她變成了一團聖潔的光。很快，整片樹林就會傳出一片迷醉的嘆息聲，讓所有聽過的人再也無法入睡。

後來，天亮了，一切都不見了，只有那個女孩仍然出現在路邊。她坐在那裡等，癡癡地等。她不記得自己等了多少年，等來過多少個路人。正像她也不記得自己點燃過多少人的眼睛，點起過多少堆的篝火。

她那樣日復一日，年復一年，等啊等啊，終於有一天，他等到了一個真正的少年。那個少年明明是走了很遠的路才來到這個地方。因為這個地方，如果不走很遠的路，根本無法到達。可是這個少年無論是衣上還是臉上，沒有帶一絲的風塵之色。他就那樣神采奕奕地走過來，一直走到了女孩的面前。

女孩習慣地拿起了自己的白手帕，要為他擦去臉上的汗水。可是哪裡有汗水呢？這是一張像天空一樣純淨的臉。臉上那雙一塵不染的眼睛，定定地看著女孩。

糟了，這個少年的眼睛裡沒有燃起其他男人那樣的火焰。女孩知道，這不是自己的獵物，很可能這一天已經白等了。女孩正在心懷懊惱，少年卻開口說話了。

「姑娘，我從很遠很遠的東方來到這裡，走過了無數的高山和平原、草地和森林、沼澤和沙漠，我到過人口密集的都市，也到過人跡滅盡的荒涼之所。我一刻不停地行走，終於來到了這個地方，遇見了妳。美麗的姑娘，我現在感覺非常的乾渴，妳能幫我找一些水嗎？」

女孩猶豫了片刻，答應了。反正今天已經過去了，再也不會有別的人到來，只要找到機會，勾起這個少年的情慾，這就又會是一個美好的夜晚。女孩帶著少年回到了自己的家中，捧出了一碗水。少年接過來，一口氣喝乾了。

「姑娘，謝謝妳。可是我口渴得要命，還有嗎？」

女孩又為他倒了一碗水。少年又一口氣喝乾了。可是少年還是口渴。於是女孩不停地忙碌著，少年一碗一碗地喝著。也不知道喝了多少碗，終於把女孩家裡的水全都喝得一乾二淨。女孩好奇地看著他，不知道他的身體裡怎麼能裝下那麼多水。

「沒有了。」女孩說。

「那，附近有沒有什麼池塘，河流？我實在是太渴了，麻煩妳帶我去好嗎？」少年微笑著說。

「好吧！你跟我來。」女孩說完，走出了屋門。少年拔腳跟了上去。沒有人看到，在他抬起腳的瞬間，他的腳下變成了一個小小的水坑。他喝掉的那些水，全都順著他的腳底流了出去，藏在了腳下。他究竟要做什麼呢？

少年跟著少女，來到了村外的一處池塘。他俯下身去，一口氣就喝乾了整個池塘。

「姑娘，我還是口渴得很。」少年說。

於是他又跟著女孩走向村邊的小河。在他離開不久，他踩下的那兩個腳印裡，池水又汩汩地冒了出來，重新向池塘流了過去。

接下來他又喝乾了小河。

「不成啊！姑娘，我還是口渴。」少年說。

「沒有了，村裡村外，再也找不到了。」女孩說。

「姑娘，麻煩妳好人做到底吧！也許在喝完之後，我還要趕很遠的路。也許路上再也找不到一滴水啊！」

女孩為難了。她想了又想，終於想起了一個地方：「我記起來了，離這裡不遠的地方，還有一口井。不管從井裡取出多少水，那井從來也沒有乾涸過。只是那口井裡的水又苦又鹹，喝到嘴裡很澀，還帶著一點腥味。那裡的水是不能喝的。」

「真的嗎？」少年像是吃了一驚，他眼睛裡立刻亮起了兩點火花，看著這位女孩。

女孩笑了。每當看到男人眼裡的火花，她就會溫柔地笑，笑到風情萬種。她不由得伸出手來，牽住了少年的手。

「能帶我去嗎？」少年急切地問。

女孩的身姿如風吹楊柳，一路曼妙著，帶著少年走向那口水井。她一路煙視媚行，還不忘偷看一眼那個少年。看著他那迫不及待的樣子，女孩心裡笑開了懷。

「能讓我為你跳一支舞嗎？」女孩說。她知道，只要她的舞姿展現出來，少年眼中的火花自然就會化成燃燒的火焰，一個春情勃發的生命立刻就能滿足她數日的飢渴。

「不，姑娘，我們還是快點找到那個水井。我口渴得很。等我喝夠了水，我倒願意為妳跳上一支舞做為感謝。我的舞蹈一定不會讓妳失望。」少年說。

女孩嘆了一口氣，沒有辦法，只好帶少年來到了井邊。少年俯下身體，用力地吸了兩口氣：「是了，就是這裡，就是這裡，我找到了！」

少年跳了起來，笑了起來，興奮地發瘋，不可抑止。他忽然轉過身來，抱住女孩，在她的臉上重重地吻了一下。

「你……你要幹什麼？」女孩本能的推開了少年，隨即又有些後悔。因為她放棄了一個機會。

「姑娘，對不起，我太高興了。如果妳覺得受了傷害，我願意道歉，願意為妳做出一切，甚至願意和妳簽訂一個生命的契約，我會永遠守在妳的身邊，或者守在妳的身體裡，做妳的心！」少年說。

「契……約？什麼叫做生命的契約？」女孩吃驚地問。

「就像這樣。」少年說著，隨手在空中一畫，一道銀色的光芒跟著他的手指流過，凝固在空氣中。少年的手指不停地划動，這道光芒加了一筆又一筆，形成了一道奇怪的符文。

少女一驚，向後退了一步。這個，不是傳說中道士捉妖的符咒嗎？

「別怕，姑娘，也許妳沒有見過這樣奇怪的事情，所以難免有些吃驚。現在我可以告訴妳，我是一個修練多年的妖怪。而這張符文，正是我生命的契約。只要妳得到了它，那麼契約就簽訂了。以後我就會永遠聽從妳的吩咐。」少年說。他太高興了，高興到沒有看到女孩眼中狡慧的目光。

「這太奇怪了，我可以看看嗎？」女孩一邊問，一邊慢慢地伸出手去，把那片停在空中的銀光拿在了手中。

「要小心了，簽訂契約是一件很嚴肅的事情，妳想好了嗎？」少年忽然覺得不妥，說道。

「我……想好了。」女孩忽然露出一個奇怪的微笑，把那片銀光迅速地揉成了一團，放在了嘴裡。在少年還沒有來得及攔阻的時候，女孩已經把這生命的契約吞到了肚子裡。

「好了，現在告訴我，你到底是誰，為什麼會來到這裡？」女孩微笑著問。

少年愣了一下，但是很快恢復了平靜：「好吧！妳現在是我的主人，我會告訴妳有關我的一切。」

原來少年來自很遠很遠的東方，大海之中。他是一個多年的海蚌修練而成的蜃精，擁有著幻化身體和製造幻境的能力。這一次，他奉了海中龍子囚牛的命令，來到這偏僻荒涼的地方，尋找海族曾經的故鄉。他品嚐了這附近所有的水源，一直沒有找到過曾經的海水。但是這一次他找到了，他完成了自己的任務。因為這口水井中儲藏的，正是數萬年前留下的海水。

「原來是這樣啊！」女孩說，「我也聽說過這裡從前是一片大海，只是海水後來退去了，乾涸了。這附近的沙土裡，還有很多當年留下來的貝殼呢！好了，既然我們已經簽訂了生命的契約，我想你總能滿足我的願望吧？」

「我的主人，妳有什麼願望呢？」少年純淨的目光看著女孩。

「我餓了。我需要吸取男人的精氣，才能吃飽。」女孩說，「不過你放心，在把你變成乾屍以前，我會盡量讓你滿足的。」

少年苦笑了一下：「主人，恐怕我要讓妳失望了，因為我並不是一個男人。我們蜃精，是沒有性別的。現在妳看到我是一個少年，那只是我幻化的作用啊！」

「那你還能為我做什麼？」女孩嬌嗔起來。

「我可以做妳的心。因為我察覺到，主人妳是沒有心的。妳的身體裡空空一片，一無所有。」少年說。

「是的，你說的沒錯。我都不知道自己應該想些什麼，我只是依靠著本能在生活。你能看到我的原形嗎？」女孩問。

「我看到了。心靈的契約使妳成為我的主人，也給了我看清妳原形的權力。妳是一個美麗的花瓶，如果成為妳的心，我會使妳更加美麗。血一樣的霧色，會永遠附著於妳的身體。」少年說。

於是少年現出了自己的原形，一個帶著血霧色澤的海蚌。海蚌被裝進了花瓶，成了瓶女的那顆心。

「主人，我很快就要失去自己的意識，成為妳的一部分了。在此之前，我要告訴妳一件事。龍子囚牛就要來了。」蜃精說完這句話，永遠地失去了自己的意識。

從那時起，瓶女的原形也就變成了血霧的樣子。

擁有了一顆心的瓶女，忽然之間就覺得自己上當了，上的是一個讓她無法後悔的當。一個人擁有了一顆心之後，是無論如何，也不肯再讓自己失去的。她忽然明白了別人的痛苦。她忽然知道，自己吸取男人的精氣，是做了一件壞事。強烈的負罪感，使她的臉色變得萬分憂鬱。她決定不再吸取任何人的精氣，她寧可把自己餓死，餓到變回原形，仍然做她的花瓶。一天又一天，她仍然是那樣坐在村邊，無望地等待著自己的結局。

就在這個時候，囚牛來了。龍子囚牛循著蜃精的氣息，終於來到了瓶女的面前。此時的瓶女已經消瘦多了，幾乎沒有動彈的力氣，可是她的臉上仍然帶著一片來自蜃精的紅潤，讓她顯得更為嫵媚。

囚牛耐心地蹲下身來，聽著她講述了自己的故事。龍子特有的預知能力，讓他知道這個瓶女的身上將會有更加驚心動魄的故事發生。可是他現在要做的，只是要救她，讓她活下去。

「聽著，傻丫頭。妳這樣餓著自己是不成的，妳得吃些東西。」囚牛說。

瓶女微笑著搖了搖頭。

囚牛也笑了：「相信我，我會讓妳好起來。」

從那以後的一百年間，囚牛開始遊走四方，四處搜尋散佈人間的邪靈惡鬼，兇魂厲魄，把他們帶回瓶女的面前。他告訴瓶女，如果吸光這些邪惡靈魂的精氣，讓他們形神俱滅，那就是在做善事。即使對這些邪惡靈魂來說，這也一樣是善事。因為他們已經註定生活在痛苦之中，永世不得解脫。瓶女聽了囚牛的勸，吸去了這些邪靈的精氣，身體一天天好了起來。她那顆蜃精之心，天生就有著對龍族的好感，現在終於發揮了作用。瓶女愛上了囚牛，愛得一發不可收拾。她用蜃精的力量，幻化出了各種美好的幻境，展現給囚牛看。終於，囚牛也愛上了她。可是他們知道，這是一段不可能的愛情，他們一直在嚴防著身體的最後一道底線。他們知道，如果這道底線被突破了，瓶女一定會在床上吸光囚牛的精氣，讓他變成一具乾枯的龍屍。

「怎麼辦，怎麼辦啊？」瓶女抱住囚牛的手臂，哭得梨花帶雨。

於是囚牛離開了瓶女，去尋找解開這個禁忌的辦法。囚牛不愧是龍子之首。不久，他回來了，辦法找到了。

「我會離開妳，我會死去。等妳找到讓我活過來的方法時，我們的故事會重新開始。」囚牛說。

「我該怎麼做？」瓶女問。

「等待。妳要等待多年之後的那場妖界之亂。那個時候，邪惡的靈魂會多得不可勝數。當妳吃到了足夠多的靈魂，就會知道應該怎麼去做。」囚牛說。

「可是你離開了我，這段時間，我又該做什麼？」瓶女問。

「這段時間內，我會把妳送到雪山。在那裡，妳會以血霧的身分被冰凍起來，進入長眠。」囚牛說。

「然後呢？」瓶女問。

「然後，當妳醒來的時候，妳將大不相同。相信妳自己的感覺吧！妳一定能做到最好。」囚牛說。

「這就是瓶女的故事？您是說，她其實是個好的妖怪？」夢言問。

「這是囚牛親口告訴我的。我相信囚牛，因此我也相信瓶女不會做壞事。」安娜夫人說。

「那外公還告訴過妳什麼？事情一定會不這麼簡單。」紀憶問。

「他還告訴我，他會以死為代價，換來瓶女的一個變化。」安娜夫人說。

「什麼樣的變化？」紀憶問。

「妳難道沒有發現，現在的瓶女，早已和傳說中的不同了嗎？」安娜夫人說。

「不同……」夢言思索著，「對了，她放出來的兩隻布妖，都是女妖！」

「還不只如此。」紀憶說，「如果她現在連女妖的精氣也吸，那吸過之後，女妖就沒了，不可能這樣放出來。」

「這就是說，她不再吸取精氣了？」阿苛問。

「也不一定。但是如果她現在已經做到了能收能放而且不害妖怪的性命，那就是說她已經變成了一件神器——收妖的神器。」紀憶說。

「一個有生命的收妖神器。」夢言倒吸了一口涼氣。「那不是可以為所欲為了？」

「那倒不會。」紀憶說道，「任何一個神器，都要具備足夠的力量才能使用。就像一把可以殺人的刀，並不是誰擁有了它，就能殺死所有的人。」

「我現在想知道的是，為什麼你們認定了瓶女是一個壞人？」安娜夫人忽然問。

夢言欲言又止。聽了安娜夫人的故事，她已經對瓶女多了幾分好感。而且，以前認定瓶女是壞人的理由，現在想來，竟然不是那麼充分。說她用幻境害死了無名島上的人，畢竟無憑無據。就算是夢言親眼看見瓶女收走了乞丐和巴士上那麼多妖怪的靈魂，可是問題是，她根本無法斷定那些靈魂是不是邪惡的！

「她用自己的一個願望，讓現在夢鎮上所有妖怪的願望，全部落空了。」阿苛說。

「原來是這樣。」安娜夫人沉思起來。「她為什麼要這樣做呢？這太奇怪了。因為她自己也有一個願望，她的願望或許比其他的妖怪更為強烈啊！」

夢言猜想，瓶女的願望，一定是讓外公復活。是什麼原因讓瓶女做出了這樣的事，竟然連這個願望也放棄了？

「如果瓶女是一個善良的妖怪，」紀憶說，「我是說，如果。那麼，一定是這個夢鎮百妖節的規則出了什麼問題。」

夢鎮百妖節的規則，就是每五百年開啟一次夢鎮之門，挑選一百個妖怪到來。然後等夢鎮上所有的妖怪都得到了自己的面具，就算過了第一道關卡。如果在接下來抽獎揭曉的那道關卡裡，鎮上所有的妖怪都滿足了自己的願望，妖界將能獲得和人類一樣強大的生育能力，衰敗的妖怪一族將會重興。

「規則出了問題也是有可能的。」夢言說，「還有一種可能就是，瓶女並不願意讓妖怪一族重新振作。」

「還有一種可能，那就是規則並沒有問題，瓶女也願意妖怪一族重興。」安娜夫人說，「只是，就算這個遊戲完美地完成了，妖怪們仍然無法達成所願。也就是說，這個遊戲根本就是一個騙局。」

「騙局？」紀憶和阿苛一起驚問。他們是早就知道這個規則的，所以格外吃驚。

「為什麼要設這樣一個騙局？」夢言也是不解。

「因為妖怪太強大了。」安娜夫人嘆了一口氣，「而且妖怪們做事往往出人預料。無論天界的神仙還是人界的術師，都不會願意看見妖界重興。」

「不會吧？妖怪也許會比人類強大，但他們會強得過天上的神仙？」夢言問。雖然她只見過妖怪，沒見過神仙。可是在她的印象中，神仙是一種至高無上的存在，絕對不會有比他們更強大的東西。

「妳還不知道妖怪的能力。單是那變幻無窮的每一代妖王，他們的力量和行事方式就足以讓天界們的神仙頭疼不止。如果任他們有普遍具備了生育能力，不出一百年，這個世界絕對會成為妖怪的天下。」安娜夫人說。

「什麼叫做變幻無窮的妖王？」夢言問。在她的想像中，妖怪們當然會有一個最高的統治者，那就是妖王。但是妖王為什麼會變幻無窮，這實在是難以明白的事。

「因為根據妖界的法律，每一代的妖王選舉，都會有著很大的變數。」紀憶解釋，「很多時候，根本就是在抽籤決定誰是妖王。」

「抽籤？」夢言想起了自己剛參加的這次抽獎。決定一個妖界的最高統治者，竟然要用抽籤的，這也太兒戲了吧？

「因為如果不抽籤，他們根本無法決定由誰做這一任的妖王。」紀憶說。

「為什麼？」夢言非常納悶，「讓最有本事的那一個當不就好了？」

「在本事最大的妖怪們之中，至少有一百個妖怪，無法確認誰的本事更大。」紀憶說。「這是不能用簡單的辦法加以比較的，每一個第一流的妖怪，都擁有自己的領域。」

「領域又是什麼？」夢言問。她覺得如果自己做妖怪，一定不合格。

「比如說，我外婆的領域是冰雪。」紀憶說。

夢言好像有點明白了，又好像不明白：「那你的領域不是冰雪嗎？」

「不，我沒有自己的領域。我擁有的只是一些控制冰雪的能力，這遠遠不能稱為領域。」紀憶說。

夢言乾脆拉了把椅子坐了下來：「說吧！說到我聽懂什麼是領域為止。」

紀憶、阿苛和安娜夫人說了半天，才讓夢言初步明白了領域的概念。領域，更確切地說來，應該是「規則」，因為某一個妖怪的特殊能力，在某一時空範圍內形成的規則。

比如說有一個妖怪，具備「禁魔領域」。那麼在這一領域的影響範圍內，無論是天上的神仙，人間的術師還是妖界的其他妖怪，都無法使用自己的超自然力量。這是很可怕的。也許一個妖怪具備可以毀天滅地的妖力，但如果他的身體單薄，物理力量微弱，在這一領域之內，也只有引頸受戮的份。

又比如說有一個妖怪，他的領域是「語言」。那麼在他的控制範圍內，任何人說錯了一句話，都有可能會被奪走靈魂。而這個領域內哪一句話才是錯的，說話的人預先根本無從知道！

也有的妖怪，領域是「空氣」。任何人在他的控制範圍內，身邊可能會變成真空，或者必須承受比平時高達數倍的氣壓。至於這個人將會承受哪一種威脅，領域的主人擁有生殺大權。

還有一種妖怪，其領域是「縮微」，當你進入他的領域，就會瞬間變小。小到一公尺遠的距離足以讓你行走一年。又有一種妖怪，他的領域是「噬血」，如果你在這個領域內不小心劃破了自己身體的一點皮，流出了一滴血，那麼你的血就再也不可能止住，會越來越快噴湧而出，一直流到你血液完全乾涸……

「這就是說，任何一個妖怪，不管他有多高的能力，如果他誤入了另一個妖怪的領域，那就再也沒有勝出的機會。」紀憶總結說，「這樣多擁有領域的妖怪，每一個都有著不同於別個的思維。說不定哪一天就會有一個邪惡的妖怪成為妖王。到那時候，整個世界的秩序將會變得難以想像。」

「這種威脅太強大了。換作是我，也不會願意讓妖族重新興旺。」夢言說。夢言原本只是一個平凡的女子，只想平靜地過完自己的一生。可是這些天來她經歷的變故太多，讓她也不由得改變了想法。

「現在的關鍵問題，就是要知道瓶女心中所想。」紀憶說。「不管怎麼說，是她阻止了百妖節成功結局的出現。必須要問過她，我們才能解開心中的疑團。」

「那我們再去找她。」阿苛說著，向門口走去。

「等一下，我還有一個問題。」夢言忽然問安娜夫人，「在瓶女的眼睛裡，外公又是什麼樣子？」

安娜夫人淡淡地說：「在她的眼裡，囚牛是一個歷經很多滄桑的男人，有著一張滄桑的臉，和一雙洞察世事的眼睛。」

又是一個不同的形象。在安娜夫人，也就是小紅的眼中，囚牛是一個純淨的少年。在裂口女的描述裡，囚牛是一個中年人。紀憶對於囚牛的認識當然是來自雪娘娘，他心目中的囚牛形象，或許是一個冰雪之神。而在瓶女的眼中，這個龍子囚牛，竟然是滿目的滄桑。

「為什麼會這樣？」夢言問道。

安娜夫人輕輕地嘆了一口氣：「這個原因，你們也許永遠都不會知道了。」

紀憶和夢言沒有追問下去，轉身跟上了阿苛。

阿苛比他們先走幾步，打開了房子的院門。在那一瞬間，他忽然緊張起來，「匡噹」一聲，又把門關了起來。

「什麼事？」夢言和紀憶一起問道。

「妖怪，成千上萬的妖怪！」阿苛大聲叫道。

第十二章

「真的嗎？」紀憶一邊問，一邊走上前去，就要開門看個究竟。

「不要開！」阿苛厲聲叫著，「太可怕了，那麼多妖怪，你會被他們淹沒！」

「沒關係，把門打開！」安娜夫人不知道什麼時候走了過來，安詳地說。

阿苛猶豫了一下，讓開了門口。紀憶打開了院門，像是看到了世界上最恐怖的事情一樣，呆住了。

夢言雖然早有心理準備，但是遠遠地看到這個景象，也只能強忍著沒有尖叫出聲。

安娜夫人的院前，是一片開闊地，平時冷冷清清，沒有什麼人來。可是現在，那裡幾乎擠滿了各式各樣的妖怪。有把腦袋拎在手裡的惡鬼，也有眼睛由鈕釦縫成的活布偶，還有用一隻腳跳來跳去的大頭怪，甚至還有用一團霧氣把自己托在空中的殘臂戰士……這些鬼怪們來來去去，擠擠嚷嚷，不知道在說著什麼，好像個個都很不安。

「把門關上！」夢言終於叫出了聲，幾乎要哭出來了。

安娜夫人慈愛地撫著她的肩膀：「不用怕，孩子。有我在，沒有誰能夠傷害到妳。」

「妳？」夢言不可置信地看著自己的外婆。她無法想像，這樣一個慈和的老人會有什麼辦法能夠對付得了這麼多的妖怪。

「我是一個沒有任何攻擊能力的通靈師，」安娜夫人說，「這些妖怪，我一個也無法打敗。」

「那……」夢言更迷惑了。

「放心，並不是只有妖怪才有領域，」安娜夫人微笑著說，「我以失去攻擊能力為代價，為自己換得了一個領域。」

「什麼領域？」紀憶問。做為一個雪妖的後代，他對領域的話題更有興趣。

「我的領域，就是安全。」安娜夫人沉穩地說，「任何一個有攻擊傾向的妖怪，也無法進入這個院子。就算天上忽然掉下一塊毫無生命的磚頭，它也會自己避開我們的。」

果然，妖怪們只是蜂擁在外面，甚至沒有一隻妖怪對這個大門看上一眼。

「汪汪！」安娜夫人的愛犬丁丁忽然叫了起來。

「哦？」安娜夫人抱起了丁丁，「你發現什麼了？」

丁丁又叫了幾聲。安娜夫人點了點頭，嘆了一口氣：「是嗎……」

「丁丁在說什麼？」夢言急切地問。他知道自己的外婆有著通靈的能力，一定能聽懂丁丁的話。

「丁丁聞到了一股氣息。帶有仙靈之氣的布片的氣息。」安娜夫人說，「記得妳說過，在妳用龍爪撕開兩隻布妖衣服的時候，破碎的衣服全都變成了蝴蝶？」

「是啊！當布妖包住了他們兩個，我嚇壞了，喊外公幫忙，就出現了這樣的事。」夢言說。

「妳就是不喊，外公也會幫忙的。」安娜夫人的眼中帶著一絲無奈，「這是一件早就註定的事。」

「究竟發生了什麼？」夢言問。

安娜夫人沉默了一會兒，喃喃地唸道：「龍子囚牛，生女安晴，亂妖界。現在，亂妖界的事情，果然還是發生了，藉妳的手。」

「藉我的手？」夢言看著自己的雙手，這是一雙平凡得不能再平凡的手，儘管它曾經變成過一對鋒利的龍爪。

「也可以說是藉了妳外公的手吧！布妖這種妖物，是由天界神仙的衣服，得了精氣化成。當它們被撕碎的時候，竟然化成了無數的蝴蝶。真是天意啊！」安娜夫人說。

「化成蝶蝴，那又怎麼樣？」夢言問。

「丁丁從外面的妖怪身上，聞到的就是那股蝴蝶的氣息。這些仙衣化成的蝴蝶，天生就是妖怪最好的誘餌。妖怪們之所以聚集到這裡，正是這個原因。」安娜夫人說。

「可是這個夢鎮的大門，五百年才開啟一次，他們無法來這裡的！」夢言說。

「我不是已經來了嗎？」安娜夫人說，「我可以透過雙子琴的呼喚來到這裡，相信瓶女也有別的辦法，打開另一條不為人知的通道。」

又是瓶女。瓶女究竟要做什麼？

「佩佩！」一直站在門邊的紀憶忽然叫了起來。大家隨著他的手指看去，果然看見了佩佩，那個尖嘴的狐狸精。

「佩佩來了，看來聚集在抽獎大廳的妖怪們，也全都來了。」夢言說。

「這些妖怪，他們都在想什麼？」紀憶問阿苛。

阿苛用他那隻有讀心術的獨眼凝神看去，連看了幾個妖怪，收回了目光。

「害怕，他們都在害怕。」阿苛說。

「怕什麼？」紀憶問。

「怕被吞噬。」阿苛回答。

夢言正要問這些妖怪會被什麼東西吞噬，但她馬上就發現，自己已經不用問了。一個紅衣女子出現在她的視線裡。這個女子她曾經見過，就在她眼睛失明，靠近血霧的時候！那個女子有著瀑布般披散的長髮，蜂腰柳肩的苗條身材，還有一臉淡淡的微笑。

「瓶女！」她叫了起來。

「沒錯，正是瓶女。」安娜夫人確認。紀憶和阿苛也點了點頭。

自從瓶女出現，外面的景象就變得越發怪誕，如同一塊光怪陸離的巨大畫板。而瓶女就像一把火紅的漆刷。她在外面的空地上悠閒地走來走去，像是散步一般。凡她走過的地方，那裡的妖怪忽然就不見了，像是被這把大刷子抹去了一般，變成了一片空白。妖怪們紛紛地閃躲著她，發出各式各樣代表著恐懼的叫聲，像是遇到了最強大的惡魔。

「她在吞噬這些妖怪！」夢言叫了起來。就在這個時候，她看見瓶女隔著安娜夫人的院門望向了她，帶著一絲親切的笑意。這個笑意讓夢言頭皮發麻，整個後背竄起一股涼意。她驚恐地避開了目光，看著安娜夫人、紀憶和阿苛。可是他們三個人根本沒有注意到她。她們一定也是被這個奇異的場景嚇呆了。

外面的空間變得越來越大，妖怪們在躲避著瓶女的到來。可是自從瓶女出現之後，整個空間彷彿變得凝滯起來，他們的行動越來越慢，而且變得如在霧中，分不清方向。瓶女不疾不徐地就走到了他們的面前，把他們變成一片片虛無。終於瓶女停下了腳步。而現在的院門之外，竟然只剩了三個人。第一個當然是瓶女，第二個是佩佩。而第三個，竟然是石磊！

他們三個人向著安娜夫人的院門走了過來。瓶女在前，石磊走在中間，佩佩最後。

夢言定定地看著他們越來越近，有些害怕，有些不知所措。安娜夫人沉著地拍了拍她的肩，送給她一個微笑。她那慈祥的眼睛分明在說：「放心，懷著一顆傷害之心的人，無法走進我的領域。」

可是夢言仍然無法排解開心中莫大的壓抑。雖然是妖怪，可是那麼多，都是生命啊！就那樣的消失了。而且，石磊又出現了，這是怎麼回事？她很想衝上去問一問瓶女，問一問石磊。但是瓶女的詭異表現帶給她的恐懼讓她無法下定決心。瓶女走過來了，後面還會發生什麼可怕的事情？安娜夫人的安全領域，真的能夠為他們幾個人擋住一切嗎？終於，瓶女停在了安娜夫人的院門前。

「妳來了。」安娜夫人微笑著說。

「是啊！我來了。我可以進去嗎？」瓶女微笑著問。

安娜夫人點了點頭。瓶女向著門檻邁開了腳。院裡的夢言、紀憶和阿苛全都緊張起來，眼也不眨地看著她。

一秒鐘之後，夢言知道了，有些事就算一眼不眨地看著，也看不出究竟會發生什麼。

就在瓶女一腳踏上門檻的一剎，這隻腳忽然變成了石磊的腳，而且石磊連同他的腳被門檻一下子彈飛了出去，站在第一個的瓶女，忽然就到了三個人的最後。在那一瞬間，她還發出了一聲驚呼，伸出手來一把抓住了正在飛起的石磊。而終於走進安娜夫人院子的人，竟然是走在三人最後的佩佩！

「小心！」一直以來最鎮定的安娜夫人忽然對著瓶女叫了起來，「這是『方向』領域！」

在那一瞬間，還發生了三件事。第一件，是在瓶女抓住石磊的時候，石磊立刻消失了。第二件，是瓶女正在急急地向前奔跑，而這個向前，竟然是遠離安娜夫人院門的方向。第三件，是在瓶女的面前，出現了兩個穿著黑衣的老人。這兩個老人一左一右，嚴肅地看著瓶女。

接著就又是安娜夫人的叫聲：「小心，這個是『鏡』的領域！」

可是她喊遲了。瓶女的一隻手已經伸向了左邊的那個老人。老人在一瞬間變成了一個豎直而光滑的平面，而且平面在被瓶女的手碰到的同時，竟然像水面一樣，泛起了一圈圈的漣漪。

「不要！」剛剛走進安娜夫人院中的佩佩，正在因為自己第一個進入院落而感覺詫異地回過頭去，當她看到那數圈漣漪的時候，大叫了一聲，顯然是在擔心瓶女的安危。

可是已經晚了。在她叫這一聲的時候，瓶女的手臂連同身體，已經被那個平面吸了進去，倏忽不見。數圈水紋泛過，那平面又恢復了平整。現在看去，那平面竟然是一面一人多高的鏡子。右邊的黑衣老人伸手一拂，鏡子立刻無影無蹤。而鏡子身後，出現了一個更為奇怪的人。

這個奇怪的人，論長相其實也很一般，只是他竟然帶給夢言一種強烈的異樣感覺。儘管明明是面對著面，可是夢言感覺這個人是背對著她的！而且在她看來，這個人的左眼和右眼，左耳和右耳，左手和右手……左邊的一切和右邊的一切，全部都是互換了位置長在那裡。這是一個完全相反的人！

這個長得完全相反的人，和那個黑衣的老人，一起意味深長地向著安娜夫人的院門看了一眼，那眼神中有怨怒，有無奈，有諒解，有輕鬆，竟然還有著一絲愛意。看完了這一眼，他們一起轉身，慢慢地走開了，消失在他們的視線中。

「這究竟是怎麼回事，都發生了些什麼？」夢言失神地自言自語。

「那個長得相反的人，他在妖界的名字叫做項方。而他的領域，就是『方向』。當他釋放出自己領域的時候，每一個領域內的人，都會產生方向上的混亂。剛才瓶女正要走進來，但是受了這個領域的影響，竟然出現在了相反的方向，就是因為瓶女已經進入了他的領域。」紀憶說。

「那個黑衣的老人，在妖界也是眾人皆知，他的名字只有一個字，叫做『鏡』。」阿苛也說，「當他用鏡的力量化出兩個人形的時候，無論誰觸摸到其中一個，都會發現另一個才是他的真身，而被觸摸到的那個，卻只是一面鏡子。觸摸到鏡子的人，就會被吸入到鏡子中的世界。」阿苛說。

「看來踏上門檻的石磊，心中充滿了邪惡的攻擊性力量，否則也不會被我的領域自動彈飛出去。」安娜夫人說。

「我看到瓶女抓住了石磊的腳，接著石磊消失了。他是被瓶女『吞噬』了嗎？」夢言問。

「沒錯，他是被吞噬了。」佩佩回答。

「外面的那些妖怪，也都是被瓶女吞噬的？」夢言問，「她究竟要幹什麼？」

「我不知道。但是我相信她做的一定有自己的道理。」安娜夫人說，「因為我相信囚牛。他說過的話，一定不會錯。」

夢言忽然覺得自己的外婆有些是非不分。如果囚牛做的，根本也是錯事呢？

「我也相信瓶女做的是對的。」佩佩說。

「我怎麼知道妳是不是在撒謊？」夢言看了佩佩一眼。

「我相信佩佩沒有撒謊。」紀憶說。

可是紀憶是佩佩同父異母的哥哥，未必他不是在為佩佩掩掩著什麼。

「我也相信。」阿苛說。

看著阿苛那雙幾乎能夠洞察一切的雪亮的眼睛，夢言沉默了。這麼說來，哪怕是瓶女吞噬了那麼多妖怪的靈魂，她還是沒有做錯事？夢言不是不相信眼前這些人，她需要一些合理的解釋，解釋瓶女做的為什麼對；解釋石磊為什麼會重新出現，而且變成了一個邪惡的妖怪；解釋這兩個擁有奇特領域的妖怪又是在做什麼。

「項方和鏡，都是上一屆妖王的熱門人選。」紀憶說，「他們之所以沒有成為妖王，可能是和運氣有關吧！抽籤運不好。」

「我願意相信這些被瓶女所吞噬的妖怪都是邪惡的，」佩佩說，「她之所以沒有吞下我和邪惡的石磊，一定是因為妳和紀憶的原因。畢竟我們之間有著一些無法割斷的關係。」

「項方和鏡之所以會用領域的力量把瓶女收進了鏡的世界，一定是怕她繼續吞噬妖怪。」阿苛說，「畢竟妖怪這一種族的成員本來就少，經不起這樣大量的消耗。」

「瓶女的事，我無法給妳一個解釋。」安娜夫人說，「但是石磊之所以變成這樣，卻是因妳而起。」

「石磊變成邪惡的妖怪，是因我而起？」夢言吃了一驚。

「那是因為潛伏在妳身體裡的力量，把他分成了兩個人，」紀憶彷彿唯恐夢言吃驚得還不夠，「一個善的石磊，和一個惡的石磊。善的石磊在兩天前的晚上，為了帶妳走出那個黏怪阻擋的洞穴，已經被月光化掉了。而惡的這個石磊，因此再無牽制，有了更加強大的力量。」

「等等，我不信，我是怎麼做到的！」夢言知道自己無論如何不會去害石磊，儘管他曾經迷失本性，成了佩佩的丈夫。而且就算她想害，她也沒有這個能力。

「不只是石磊因妳而死，整個無名島上的人，又有哪個不是因妳而死？」安娜夫人嘆了一口氣，「如果不是因為我有著這個安全領域，也許連我都一起消失了。」

夢言雙目圓瞪，嘴巴張得老大。這些天來發生的怪事，沒有一件比今天的這些更加讓她瞠目結舌，心神震驚。

「我知道這不怪妳。因為妳的力量那時還在懵懂之中，妳無法控制它。」安娜夫人說。

「我的力量，我的什麼力量？」夢言更加迷惑了。

「領域的力量。」紀憶說，「在妳的體內，潛伏著足以讓妳成為妖族女妖王的領域之力。」

夢言忽然想到幾天前一直有人稱呼她為「女王」。她本來以為那只是一句普通的恭維，一句玩笑。可是她卻想不到這背後還有這樣的答案。

「我……我有領域？什麼樣的領域？」夢言問。

「妳的領域，就是妳的夢。」紀憶說，「上一次，妳夢見了無名島上再也沒有一個人，結果所有的人就真的不見了。當妳的領域覺醒，能夠控制自己夢境的時候，妳就會明白自己有多麼可怕。不要說『禍亂妖界』這樣的小事，如果妳願意，還能在夢裡讓三界一起消失！」

「我……」夢言只說了一個我字，就陷入了沉默。

「妳的領域，也該是時候覺醒了。畢竟妳已經經歷了這麼多。」紀憶說，「因為妳現在有一件事，必須去做。」

「什麼事？」夢言問。

「去找回瓶女。」紀憶回答。

夢言也想找到瓶女，因為她有太多的事情要當面問個清楚。可是瓶女已經被鏡收入了鏡中的世界，怎樣才能找到呢？

「用妳的夢。只要妳夢到了她，那就是真正見到了她。只要妳願意，就能把她帶回來。」安娜夫人說。

「我……我可以嗎？」夢言有些不敢相信，「而且，就我一個人？」

「如果妳願意，妳可以帶上任何人。在妳的夢之領域內，妳希望誰出現，誰就會出現在妳的面前。甚至是死去的外公，也可以。」紀憶說，「當然，前提是妳必須能夠控制自己的夢。」

「難道我可以經由做夢進入別人的領域？」夢言問。

「沒錯，任何人都可以進入別人的領域。不過如果妳進入了，就必須遵守這一領域的規則。」紀憶說，「也就是說，妳能在夢中進入鏡的世界找到瓶女，但是在這個時候，妳的命運也等於是被鏡控制了。當然，這種控制是雙向的。妳可以在夢中讓鏡消失，鏡也可以在妳的夢中讓妳在鏡的世界中消失。」

原來如此，「領域」是可以重疊的，它們可以同時發揮自己的作用。

「我可不可以在夢中帶上外婆？」夢言忽然說，「外婆的安全領域，在我的夢中一定也能發揮作用！」

「很遺憾，妳不能。」安娜夫人說，「我的領域因為太過奇怪，受到了世界平衡規則的限制，它只能在這個院子中存在。」

「那麼我可以夢見這個院子！」夢言說。

「如果妳能夢到這處院子，安全領域當然可以發揮作用。」紀憶說，「但是現在的瓶女並不在院子裡，如果妳要夢見她，那只能是在鏡的世界。」

夢言想了很久。最後她說：「好吧！我去。」

第十三章

夢言是在被紀憶催眠之後來到鏡中世界的。所有的人都囑咐她，一定要在這個夢中保持清醒。夢中可能會有很多潛在的危險，她有可能再也回不來了。當她來到這個世界的時候，發現這些囑咐也許沒有什麼用，因為這是一個太真實的世界，和外面的並無不同。

她出現的時候，是在一座城市熙熙攘攘的街頭，而紀憶就跟在她的身邊。她知道，這很可能是真的，也很可能是一個被她的想像創造出來的地方。在這個地方，所有的人都在忙著自己的事，沒有人注意到她的突然出現。但是也許在這些人中，就有著她希望看到的人，也有著正在偷偷觀察她的人。

「鏡自己也可能會進入這個世界。」紀憶小聲地說，「他雖然有著統管這個世界的生殺大全，但是每個世界都有著自己的規則。他必須自己也進入這個世界，才能做到自己想做的事。」

「為什麼？」夢言問。

「因為哪怕是一個神，也必須遵守這個世界的規則。」紀憶解釋，「比如說一瓶抗生素可能消滅無數的病菌，但是一個醫生卻無法消滅一個指定的病菌。除非他自己也變成一個病菌那樣小，進入它們的世界。」

「可是這樣的話，醫生是不是就不再具備消滅那隻病菌的力量？」夢言問，「畢竟和病菌同樣大小的人類能否對抗一個病菌，可沒人試過。」

「沒錯。如果鏡進入了這個自己創造的世界，他就只能擁有和其他人一樣的能力。」紀憶說，「可是妳別忘了，這個世界是他創造的。他完全可以自己先進入這個世界，取得這個世界的最初資源，掌握這裡最強大的力量！」

原來是這樣。

「那他會不會自己做了這個世界的王？會不會早已經控制了這個世界的軍隊和武器，會不會已經掌握了這個世界的衛星？」夢言突發其想。

「很有可能。」紀憶一本正經地答道，「如果是這樣的話，也許我們從進入這裡，就已經被他掌握了行蹤。」

「那我們怎麼辦？」夢言問。

「盡快找到瓶女，帶她離開。」紀憶回答。

「可是如果我們被發現了呢？如果鏡在這裡派人進攻我們呢？」夢言問。

「在妳察覺的時刻，要盡快從夢中醒過來，否則的話，後果難以預料。」紀憶嚴肅地看著她。

夢言忽然覺得有些好笑。因為她不知道她和紀憶所說的話，是真實的紀憶所說，還是完全是她自己在自言自語。畢竟這裡的紀憶，只是她在夢中想出來的人物。儘管如此，有這個人物，總歸比沒有的好吧！

如果轉過這個街角，那裡應該有一個電話亭。夢言想。她帶著紀憶走了過去，果然是這樣。這是鏡中世界的真實存在，還是她自己的想像呢？兩個重疊的領域都在發揮著自己的作用，這讓她無法確認。記住，不要再創造東西了。她告訴自己。

可是人的思緒竟然是那樣的難以控制。她立刻就在前方五十公尺處的街邊，又創造了一個牙醫診所！

「石磊會在那裡。」夢言想。然後她和紀憶一起走進了診所。錯了，石磊不在。這個診所很大，根本沒有石磊這個人。夢言站在那裡，有些傷心。她希望石磊在的，畢竟石磊伴著她走過了生命中的好幾年呢！可是她知道，在自己的內心深處，根本就不相信石磊會在！石磊已經沒有了，無論是善的石磊，還是惡的石磊，都已經沒有了。這一刻她覺得自己的內心無比的脆弱，忍不住轉過身，抱住了陪同在身邊的紀憶。說穿了她只是一個弱小的女子，在這樣的時候，她太需要一個肩膀了。而夢中的紀憶，就站在那裡一言不發。她落了一會兒淚，心裡感覺輕鬆了些，一抬頭，看見一個女孩正在看著她。這個女孩……她竟然見過，是當初來到夢鎮時，巴士上那位導遊！

「妳怎麼會在這裡？」夢言驚詫地問。

「我來到這裡不是很好嗎？這樣巴士就不會開回夢鎮，你們也不會再回來了。」女孩冷笑著說。

夢言發誓，這絕對不是她自己在夢中想出來的話！也就是說，這個女孩原本就屬於鏡的世界。

「但這又為了什麼？」夢言問那個女孩。

「呵呵，妳也是被收進這個世界的吧？」女孩笑了，「我想，妳再也不可能知道答案了。」

「為什麼，妳怎麼知道？」夢言知道，自己透過夢境來到這裡的祕密女孩並沒有發覺。對她來說，這是一個優勢。

「妳一定是在找這個東西吧？」女孩一指自己的身邊。

在她的身邊，放置的竟然是那個花瓶，血霧！夢言在心裡笑了。這個血霧是假的。因為她知道，現在的血霧，早已經是瓶女的形象。看樣子女孩又失算了。可是女孩究竟要做什麼呢？

「是的，我是在找它。我想知道它究竟有什麼祕密。」夢言說。

「它？它最大的祕密，就是知道出口。」女孩說。

「什麼出口？」夢言問。

「當然是離開鏡之世界的出口啊！」女孩的目光像是在看著一個白癡，「這裡所有人都知道的，如果想離開鏡之世界，必須要找到那個出口。能知道出口的，就只有血霧了。」

夢言忽然想起夢鎮忽然出現的那成千上萬的妖怪，據安娜夫人說，那是瓶女打開了某處不為人知的通道。或許瓶女真的有找到出口的能力，這也不是沒有可能。可是那樣的話，瓶女會不會已經離開了？夢言和紀憶匆匆地從牙醫診所走了出去。

「等一下，妳真的不想知道出口嗎？」女孩在後面叫著，「我可以把這個血霧便宜賣給妳。出口每一刻都會改變的，憑妳自己，根本找不到！」

夢言沒有理這個女孩。她要找的是瓶女，不是這個假的血霧。剛一出門，她就撞在了一個匆匆路過的人身上。那個人的力氣太大了，差點撞倒了她，幸虧紀憶及時地扶住了。

「是你們？」那個人看著夢言和紀憶問。

這是一個很平凡的男人，平凡到似曾相識，卻又誰也不像。這樣的人如果走進大街上的人流，就再也認不出他來。這樣的一個人站在那裡，渾身透著一股神祕。只是在他的身上散發著一種氣息，一種讓夢言感覺非常熟悉的氣息。這種氣息是……龍的氣息！顯然紀憶也認出了這種氣息。兩個人幾乎是靠著直覺同時叫出了聲：「外公！」

那個人笑了：「沒錯，想不到你們也能認出我來。」

夢言和紀憶對看了一眼。這是囚牛的另一個形象。他的每次出現，都和上一次的不同。

「你……是真的嗎？」夢言問。她的意思是，這個外公是真實的，還是從自己的想像中產生的。

「也是，也不是。」囚牛眨了眨眼睛，「如果不是隨著妳的夢之領域，我無法出現，也無法來到這裡。但是我的存在，並不取決於妳的想像。」

夢言用手摸了摸自己脖子上的龍筋，相信了他：「那你現在要去哪裡？」

「和你們一樣，去找瓶女。」囚牛說。

「瓶女是壞人嗎？」夢言迫不及待地問出了這個問題。

「也是，也不是。」囚牛仍然是這個回答，不過又加了半句，「但是我相信她，她一定能給你們一個滿意的答覆。跟我來，否則來不及了！」

夢言和紀憶跟在囚牛身後跑過街道，衝入了一家百貨商場。他們透過電梯上了三樓，這裡到處都是各式的新潮女裝，讓夢言有些目不暇給。

「這邊！」囚牛叫了一聲，帶頭跑了過去。

夢言和紀憶緊緊跟上，看到那是賣內衣的專櫃。囚牛找到了一處更衣間，粗暴地推開了門。一聲女人的尖叫傳了出來。囚牛看也不看，立刻衝向另一個更衣間的門。門從裡面反鎖了，可是這抵不住囚牛的力量，門被他破壞性地打開了。

「先生，你在幹什麼？」站在一旁的服務員小姐不知所措地問。

「這裡剛才有沒有一個穿紅衣的女人！」囚牛問。

「沒有，有一個女人，可是穿的不是紅衣服。咦，人怎麼不見了？」服務員愣住了。

「遲了一步。」囚牛懊惱地說。

「流氓，有流氓啊！」剛才被囚牛打開更衣間強行看見的女人，衣衫不整地跑了出來，邊跑邊喊。幾名商場的保全迅速跑了過來。

「走！」囚牛帶著夢言和紀憶，快速走上電梯，離開了商場。

「剛才是怎麼回事？」夢言問。

「那個更衣間的門，是個出口。」囚牛說，「每過一個小時，鏡之世界就會出現一個特定的出口。如果湊巧有人進去，就能離開，回到進入這個世界之前的地方。只是每個出口只能使用一次。剛才已經有人從那裡離開了，而且看來不是瓶女。」

「怎麼能知道不是她？」夢言問。

「如果是她，我能察覺她曾經到過的氣息。」囚牛說，「看來我們只能等下一個小時了，只是還不知道出口在哪裡。每個出口的出現，只有十五分鐘的時間，過後就會消失。」

「外公，我有很多事都不明白，你能告訴我嗎？」夢言問。

「說說看。」囚牛點了點頭。

「夢鎮百妖節的抽獎是不是真的只是一個騙局？瓶女為什麼會讓那麼多的妖怪消失？」夢言急切地問。這是現在困擾她的最大的兩個謎題了。

「我可以告訴妳，那的確是一個騙局。就算妳說出了那樣的願望，就算瓶女不用一個相反的願望抵消它，妖怪一族仍然不能獲得重興的力量。」囚牛說。「至於第二個問題，我現在還不能回答妳。妳還記得自己在夢鎮的時候，被奇怪的力量收去了面罩嗎？」

夢言記得。那一天她發現失去了面罩，問過翼，可是翼不敢回答，當時翼說的是：「我知道是誰，可是不能說。他的法力太強大了，如果我說出他的名字，他就能殺死我。減輕他法力的辦法就是當他不存在。」

「那個人收走了妳的面罩，只是因為如果那個面罩妳戴得久了，妳的夢之領域就會完全復活。到那個時候，恐怕真的要妖界大亂了。」

囚牛說到這裡，一擺手，阻住了夢言要說的話，「我知道妳是想知道他是不是一個壞人，妳在想自己會不會做出攪亂妖界的事情來。我可以告訴妳，那個人雖然我也不敢說出他的名字，可是他絕對不是壞人。他這樣做，只是為了維持三界力量的平衡。做為三界中一個至高無上的存在，他想的比每一個人都要深遠。」

「可是夢言的夢之領域，總有一天會完全復活，他為什麼不就此讓夢言永遠消失，一了百了？」紀憶忽然插話，替夢言說出了心中所想。

「呵呵，你以為他是一個惡魔？」囚牛笑了，「如果可以的話，他不會阻止夢言復活這個領域，甚至會幫她讓這個領域復活。只是現在，還不是時候。」

「那要到什麼時候才是時候？」紀憶問。

「這個世界上有很多能力，可以讓它的擁有者所向披靡，百無禁忌。可是世界並沒有因此而亂得一發不可收拾，你們知道是為了什麼？」囚牛反問了一句。

「為了什麼？」夢言問道。

「等妳在問及一個人的時候，不再問他是好人還是壞人，也許妳會更加明白這個道理。」囚牛答道，「現在的妳，還不適合更深入地掌控夢之領域，只是因為妳的境界還不足以駕馭它啊！」

「境界？」夢言重複著這兩個字，閉上眼睛，陷入了沉思。因為夢之領域的關係，當她的思慮停在這一件事的時候，周圍的一切，連同囚牛與紀憶，都變得淡了下來，淡到成為她的背景，淡到幾乎要完全消失掉。

慢慢地夢言恢復了正常，忽然問道：「外公，為什麼你每次出現，都會有所不同？」

囚牛笑了：「因為我根本就沒有固定的形象。」

「怎麼可能？」夢言和紀憶一起叫了起來。

「是的。身為一個龍子，我也有自己要尋找的東西。當我找到之後，我的形象才能固定下來。」囚牛說。

「固定下來？」夢言不解。

「等我找到那件東西，就能長出一雙龍角。當龍角長出的時候，我就再也不會改變自己的形象。」囚牛說。

「那又怎麼樣？」紀憶問。

「那樣，我就會開始衰老、死亡。但是同時，我也獲得了真正的人生。」囚牛微笑道，「那是一件很幸福的事。」

開始衰老，最終死亡。這是很幸福的事嗎？做一個永生不死的龍子難道不好嗎？夢言不明白，卻也忍不住有些好奇：「那，你找到了嗎？」

「憑我自己的力量，無法找到那件東西。」囚牛說，「那件東西是……」

但是他終究沒有說出來，而是說出了另一句話：「快，來不及了！」

原來，時間又已經過去了幾十分鐘。離開鏡之世界的那扇門，一定已經又打開了。不知道囚牛用了什麼方法，立刻知道了新出口的位置。

「跟我來！」他叫了一聲，拉住夢言奔跑了起來。紀憶緊緊跟在他們身後。他們穿過了兩條街道，衝進了街邊的一處居民社區，轉到了一處樓前，樓道裡正有幾個人在等待電梯。這裡共有三個電梯門，不知道為什麼，人們都聚在左、右兩個門口，對中間那一個視而不見。

「就是那個，進去！」囚牛一邊說，一邊拉著夢言就跑了進去，紀憶也立刻跟了進來。進來了以後，夢言才忽然覺醒，這個電梯門根本就是關著的，他們是穿過門口跑進來的！她還來不及思考其中的奧妙，馬上發現了另一件事——這個電梯裡的空間太開闊了，不，這裡根本就是在室外，是一片無邊的曠野。

「就在那裡，去吧！」囚牛指著遠處的那道亮光，「在那裡，妳也許能找到要找的東西。」

「你呢？」夢言奇怪地問。這時候她才發現，囚牛和紀憶的身體忽然變得有些虛無，有些透明起來。

「只有妳自己才能過去，瓶女已經在那裡了。」囚牛說，「我是借了妳和鏡的領域，才能出現在這個地方，我無法離開。」

「那麼，如果我醒了，是不是你就再也不會存在了？」夢言忽然想到這個問題，嚇了自己一跳，她還不想這麼快就失去這個外公。

「傻孩子，快去吧！否則來不及了。」囚牛笑了笑，「放心，我還有機會回來，只要妳保護好脖子上的那條紅繩。」

夢言點了點頭，又問紀憶：「你呢？」

「我會在妳離開夢境的地方等妳。」紀憶笑了笑，「快去吧！這個電梯只壞十五分鐘，如果不趕緊，妳會重新出現在電梯裡，回到鏡的世界。」紀憶說完就消失了，連同囚牛，一起消失了。

夢言向著遠方那道亮光跑了過去，慢慢地她看見了兩個人影。等她終於跑近的時候，看清了。站在那裡的是瓶女和鏡兩個人。瓶女仍是那身紅衣，鏡仍是那身黑衣，兩個人對峙著，似乎沒有看到夢言的到來。

「我再說一遍，我不想把你收入我的身體，但是你必須讓我離開。」瓶女的一張臉上滿是怒氣。

「我知道，妳身上有著一股龍的力量，那大概是來自於某個龍神的祝福吧！憑我的能力，根本不是妳的對手。但是如果我不解開最後的法咒，就算我死，妳也無法離開。」黑衣老人淡淡地說，「除非妳能向我解釋清楚，為什麼要吸去這麼多妖界子民的生命。」

「我跟你說過了，他們並沒有死，他們只是生活在另一個地方。」瓶女說，「但恕我不能向你證明這一點。」

「好，就算我相信妳，妳也該給我一個讓他們去另一個地方的理由。否則的話，也恕我不能放妳走。畢竟如果妳出去後繼續這樣做的話，會影響了整個妖界的命運！」

夢言站了下來，靜靜地聽著。這也正是她想知道的祕密。

「就算你知道了，我想你也不能理解。」瓶女苦笑著說道。

「說說看。」黑衣老人固執地站在那裡。

「我要成為白澤。」瓶女說。

「白澤？」黑衣老人愣了一下，「妳怎麼可能成為白澤？那可是上古的神獸！」

「當然是因為我已經知道了白澤的祕密。」瓶女說，「當我成為白澤的時候，自然會為我做過的事給妖界一個交待。」

「先不說妳能否成為白澤。如果妳真的成了白澤，到那時候，以妳白澤的能力，妖界又能拿妳有什麼辦法？」黑衣老人說道，「對不起，我不能放虎歸山。」

「什麼是白澤？」夢言忽然問道。

瓶女和黑衣老人這才發現了她的存在，似乎都吃了一驚，一起問道：「妳是怎麼來的？」

「是外公啊！他找到了這個出口。」夢言答道。

「囚牛？妳看到他了？他沒死？」瓶女的臉上露出了異常關切的神色。

「我問的不是這個。妳是怎麼進入鏡之世界的？我不記得曾經把妳收進來。」黑衣老人沉聲問道。

「我有夢的領域啊！」夢言老老實實地回答，「我只要在做夢前想著來這裡，就可以來了。」

黑衣老人顯然是吃了一驚：「妳還能做什麼？」

夢言指了指瓶女：「我還能帶她走。只要我拉住她的手，然後從夢中醒過來，就可以了。」

黑衣老人的臉上立刻寫滿了絕望：「不，妳不能帶她走！這有關整個妖界的存亡！」

看著這個老人的表情，夢言猶豫了。儘管外公外婆都是那樣支持瓶女的所為，可是她實在是不能明白，瓶女為什麼會做出這些事。

「妳能告訴我為什麼做出那些事嗎？」夢言不安地看著瓶女。

「不能，我不能向妳解釋。但是請妳一定要相信我。」瓶女說，「我不想傷害這位老人，但是我現在必須離開，能帶我走嗎？如果妳不帶我走，恐怕就再也來不及了。這個可能離開的空間，只能持續十五分鐘。」

夢言也知道，如果她再不下定決心，時間就會所剩不多了。這個黑衣老人領域的力量實在非常奇異。對了，領域的力量，外婆的安全領域！如果把瓶女帶到那裡，就算她要傷害任何人，也根本無法做到！而且她是在那裡睡著的，帶瓶女離開的時候，當然也會在那裡醒來！夢言想到這裡，露出了一個微笑，向瓶女伸出了手。

「妳不能！」黑衣老人衝了上來。

可是瓶女的速度更快，轉眼已經到了夢言身邊，拉住了她的手。

「你放心，我不會讓她再害誰的。」夢言抱歉地看著黑衣老人，閉上眼睛，再一睜眼，從夢中醒了過來。

第十四章

夢言終於如願以償地找到了瓶女，並把她帶回了安娜夫人的房子。只要她肯開口做出解釋，相信一切都會真相大白。可是當夢言從夢中醒來的時候，守在一邊的安娜夫人、紀憶、阿苛和佩佩一起告訴她，瓶女還在睡，並沒有醒過來。

「她就睡在隔壁的房間，看樣子好像很累了。」安娜夫人說。

「我讀了她夢中的心思。」阿苛說。

「你讀到了什麼？」夢言立刻問，所有的人也都看著他。

「囚牛，她心中想的全是囚牛，竟然沒有第二種內容。」阿苛說。

看來瓶女真是一個很癡情的女子。但是這對夢言沒有什麼幫助，她更想知道瓶女吞噬那麼多妖怪的祕密。

「我聽她說，她要成為白澤。白澤是什麼？」夢言問。

「白澤！」安娜夫人叫出了聲。

「白澤是傳說中的神獸，能夠驅妖避邪，預知未來。」紀憶說，「幾百年以前，很多家庭都供奉過白澤的塑像，或者是一幅白澤的畫像。」

「這很好啊！」夢言說。

「可是要想成為白澤，必須吞下一百五十萬種妖怪的精氣。」紀憶說，「如果她做到了，那麼，這對妖界來說，簡直是滅門的慘案。」

天啊！一百五十萬種！夢言吃了一驚。

「那麼多，就算能吃得下，又要吃多久呢？而且還要一一去找。」阿苛說。

「她做這件事，應該至少有三百年了吧！也不知道她做到了多少。這幾乎是要吃完整個世界的妖怪。」紀憶說著，忽然臉色大變，「不好！」

「怎麼了？」夢言、阿苛和安娜夫人幾乎是一起發問。畢竟紀憶露出這樣臉色的時候實在是太少了。

「但願不是，但願不是……」豆大的汗珠從紀憶的額頭上落了下來，他顯然是在努力壓抑著自己的情緒。

「到底怎麼了？」夢言著急地問。

「你還記不記得夢中的事？」紀憶無力地問夢言。

「夢中的……什麼事？」夢言只記得夢中遇到了囚牛，這應該是最大的一件事。

「在妳進入夢中的時候，好像也把我帶了進去，到現在我還有一點點記憶。」紀憶說，「我記得，那裡面有很多人。」

「是的，有很多人。」夢言點點頭。

「可是，竟然很少看到妖怪。」紀憶說。

「那又怎麼樣？」夢言奇怪了。確實，夢中見到的人，除了她、紀憶和囚牛大概都可以算是半個妖怪，瓶女和黑衣老人可以算是兩個妖怪，而牙醫診所裡的導遊小姐不知道是否是妖怪之外，他們看到的都只是人，普普通通的人。

「可是鏡做為一個妖界的重要成員，是很少在人界走動的。他的鏡中世界，可以說算是一個虛擬的世界，裡面的那些人，或者只是鏡子映出來的人的影像。但是，他的鏡中世界裡，不可能沒有多少妖怪！」

「是這樣，」阿苛說，「據我所知，鏡曾經經歷過很多次妖界的動盪。這些動盪的規模，大得就像是人界的戰爭。每一次動盪的平息，鏡都出過很大的力。這也就是說，他的鏡之世界裡，應該有很多妖怪才對！」

夢言愣住了，她想到的事，根本就是她所不敢想像的事：「難道……瓶女在進入鏡之世界這麼短的時間之內，已經把那裡的妖怪全部吞噬掉了？天哪，一整個世界的妖怪，那會是多少？」

「沒錯，她正是這樣做了。」忽然有一個人說。

所有人都向這個人看去，他們看到的正是鏡，那個黑衣老人。沒有人知道他是什麼時候走進來的。四個年輕人立刻露出了戒備的神態。

「放心，他沒有惡意。」安娜夫人說，「有惡意的人，進不了這道門。」

安娜夫人的安全領域。幾個人全都鬆了一口氣。

「剛剛妳帶她離開之後，我察看了整個鏡中世界。」鏡對夢言說，「那裡少掉的妖怪，我一時算不出來，但是絕對有一百幾十萬。這太可怕了。」

是的，太可怕了。哪怕是妖怪，那也都是真實的生命。

「我知道她為什麼在睡了。」安娜夫人嘆道，「她是累了，但不是因為別的原因。她正在睡夢中消化這些妖怪的精氣。」

「是不是等醒來的時候，她就會變成白澤？」夢言問。

「也許是，也許不是。但是她別無選擇。」安娜夫人說。

「為什麼？」夢言問。

「因為白澤的祕密。」安娜夫人嘆道，「白澤的最大祕密不是做一個人所景仰的神獸，因為可以驅妖避邪被人們所貢奉。他最大的祕密，是放棄自己身為白澤的身分，重新變回成那個花瓶。」

「啊？」幾個年輕人同時張大了嘴。難道瓶女花了不只三百年的時間，不惜與整個妖界作對，換回來的竟然是這個一文不值的所謂最大祕密，這個幾乎讓她失去生命的權力？

「當然，交換條件是，會有一個已經死去的生命因此而重新復活。」安娜夫人接著說。

「她……她是想讓外公復活嗎？」夢言問。不只她，幾乎所有的人都在這樣想。夢言又想起那個故事中外公囚牛對瓶女說的話：「我會離開妳，我會死去。等妳找到讓我活轉過來的辦法時，我們的故事會重新開始。」可是，如果外公復活了，而瓶女卻重新成為了一個花瓶，他們的故事又會怎樣開始呢？一個花瓶重新修練成瓶女，又不知道要花去幾百年的時間。而重新修成的這個瓶女還是不是原來那個，還是未知之數。

「我想應該是。」阿苛說。只有他才能用那隻獨眼讀到瓶女心中所想，因此他最有發言權。

「無論她會變成什麼，我都希望你們能把她交給我。我要帶走她。」黑衣老人鏡忽然說。

「為什麼？」夢言問，「我知道你也許非常恨她，可是她現在是無害的。當她變成了白澤以後，一樣是無害的。」

「我並不恨她。」鏡說，「只是我希望能帶她去一個地方，把她妥善地藏起來。我不希望她要變成白澤的事變得眾人皆知。」

「這又是為什麼？」夢言不懂。

「我明白你的意思，」紀憶說，「每一次這個世上有什麼神器或神獸出現，都會引起一場極大的騷亂。你是不希望這種事情發生。可是把瓶女留在這裡，也是一樣。我們全都不會離開，自然也都不會說出去。」

「不，你還不知道這裡正被多少雙妖怪的眼睛，以各種不同的方式盯著。你們的一舉一動，很多妖怪都已經知道了。」鏡說。

「那你又有什麼辦法，能夠把她藏起來？」紀憶問。

「我可以把她重新帶入鏡的世界，那樣就再也不會有人知道她的行蹤。」鏡說。

「未必吧！鏡的世界，連我都能夠進入，相信還會有很多人知道進入的方法。」夢言說。

「但是在鏡的世界裡，有一個奇特的出口，通向一個不為人知的地方，我會把她帶到那裡。在那個地方，她身上的氣息會被全部遮掩起來，哪怕是最強大的天眼，也找不到。」鏡說。

「你能找到那個出口，別人就不能找到？」夢言又問。

「別人不能。」鏡很嚴肅地說，「那是一個只能使用一次的出口，而這一次，只是很短的一瞬間。確切說來，這個出口是我隨身攜帶的。做為鏡之領域的擁有者，那是我最大的特權。」

「是這樣？」安娜夫人聽到這裡，忽然動容，「你為什麼要這樣做？」

「妳都知道了？」鏡淡淡地一笑，「我只希望整個妖界平靜如初。現在的妖界，再也經不起大規模的動盪了。」

「我也是一個領域擁有者，也擁有類似的一個最大特權，我當然知道你的意思。」安娜夫人說，「可是你覺得，這樣做真的值得嗎？」

「在下不才，可是身為一個妖界前輩，有所不為，有所必為。」鏡正色說道。

安娜夫人顯然有些難以接受，看了一眼阿苛。阿苛點了點頭：「他沒有騙我們。」

「那麼，我同意了。」安娜夫人說，「你可以帶她離開。」

夢言等人畢竟與瓶女間有著千絲萬縷的糾葛，就這樣讓一個相當於陌生人的鏡帶走了她，自然是並不放心。可是安娜夫人隱然是這些人的領袖，既然她話已出口，其他人便也不再說什麼。可是偏偏在這個時候，紀憶一伸手，攔住了正要上前的鏡。

「等一下！既然你是妖界前輩，想必你也曾經歷過數次的妖界動盪？」紀憶問。

「是啊！怎麼？」鏡微笑著說。

「那麼，數年前的雪山之圍，有沒有去過？」紀憶一邊問，一邊叫了一聲，「阿苛，看著他！」

紀憶叫這一聲的用意非常明顯，當然是要看鏡有沒有說謊。鏡忽然愣了一下，看了看阿苛，慢慢地說道：「你們，是雪山的後代？」

「怎麼，不像嗎？」紀憶冷笑著問。

鏡默默地看了一會兒，說：「這位雪童當然很像。不過，你不像。」

紀憶微微一笑，對他的話不以為意，繼續問道：「在那次雪山之圍中，你做了什麼？」

阿苛忽然向前走了一步，那隻雪亮的獨眼，緊緊地盯住了鏡。

鏡沒有退縮，一雙眼睛坦然地看了看阿苛，又看向了紀憶：「沒錯，那一次我正是要帶走瓶女。因為她在到達雪山之前，已經害過無數妖族人的性命。」

鏡頓了一下，又說：「不過我帶走瓶女，也的確沒有什麼惡意。就像今天一樣，我只是準備把她藏起來，讓她不要繼續為害。」

紀憶冷笑了一聲：「好個不要讓她繼續為害。她留在雪山不能離開，不也一樣是不能繼續為害？」

瓶女留在雪山的故事，夢言聽紀憶說起過。當年的瓶女被囚牛送去雪山，目的正是要將她冰凍，讓她百年內無法有所作為。至於瓶女留在雪山是怎樣一個情形，她卻是一無所知。

「不，」鏡搖了搖頭，「瓶女在雪山之上，確實是被冰凍了起來。但是冰凍之後，她卻被放在了雪山的萬年冰床上面。你應該不會不知道萬年冰床吧？」

萬年冰床究竟是什麼，夢言當然不知道。她不由得看了看身後的人。從眼神中，她看出安娜夫人也不知道，佩佩也不知道，阿苛知道。可是紀憶，偏偏也不知道！

果然紀憶愣了一下：「萬年冰床，那是什麼東西？」

阿苛詫異地看了他一眼：「萬年冰床，當然是雪山的一件寶物啊！那可是萬年來冰雪的精華。一般妖怪睡在上面，一年內就能長十年的妖力了。主母為什麼要把瓶女放在冰床上面，難道是為了提升她妖力？」

雪童的身分，從來都是隸屬雪山，雖然後來一時衝動，為了紀修儒背叛了雪山一次，對雪娘娘的稱呼卻沒有改變。

「沒錯。」鏡點了點頭，「之所以後來瓶女能夠這麼快恢復人身，並且能夠奪走這麼多妖怪的生命，萬年冰床起了很大的作用。雪娘娘之所以會這麼做，卻是因為聽從了囚牛的意思。」

「不可能！外婆不會做出這樣的事，你一定是在撒謊！」紀憶激動地叫了起來。畢竟無論怎麼說，讓瓶女能夠功力大增，吸走眾多妖怪的生命，在妖界也是一條不小的罪名。

「如果你不信的話，我可以讓雪娘娘親口告訴你。」鏡不疾不徐地說。

「好啊！那就讓外婆對我說吧！」紀憶冷笑著說，「但是恐怕殺死我，也不是一件很容易的事！」

「我為什麼要殺你？」鏡愣了一下。

「我的外婆明明已經死了很多年，你讓她親口對我說，不是想殺我是什麼？」紀憶臉色通紅，已經憤怒到了極點。想必如果不是在安娜夫人的安全領域內，他早就亮出了自己的冰雪劍。

「雪娘娘根本沒有死啊！」鏡用奇怪的目光看著紀憶。

可是夢言聽紀憶說過，雪娘娘確實已經死了。根據紀憶的說法，囚牛答應雪娘娘留在雪山，再也不會離開。可是在那之後，囚牛就抽出了自己的龍筋，放棄了自己的生命。雪娘娘知道自己上了囚牛的當，傷心過度，妖力大減，很快就離開了這個世界。

「可是雪山我回去過，現在的雪山，已經再也沒有一個妖怪存在。」阿苛忽然說。

鏡忽然嘆了一口氣：「你說的沒錯，但是以你的讀心之眼，你應該也可以看出來，我並沒有說謊。」

阿苛定定地看著鏡：「是的，你沒有說謊，所以我更加不知道是怎麼一回事了。」

「當年的雪山之圍，的確是一場很慘烈的爭鬥。雖說為了奪走瓶女的原形，這也是沒有辦法的事。可是這也是我實在不願意見到的。」鏡說，「至於現在雪山上再也沒有一個妖怪，這話倒也不假。但是雪娘娘，她真的還活著。」

「活著？那你拿出證據來吧！」紀憶說。

鏡伸出了一隻右手，在空地上一畫。空地上立刻出現了一面鏡子。鏡子的裡面，赫然站立了一位冰肌玉骨的女子。這女子大約二十多歲的年紀，只是頭髮已經全白了。在她的眼神中，帶著一股難以排解的憂鬱。

「是主母！」阿苛叫了一聲。

紀憶卻後退了一步，看著鏡中的女子，竟然一句話也沒有說出來。

「阿苛？」鏡中女子的秀眉輕輕地動了一下，「是誰為你解開了我的詛咒？」

「是她，還有他。」阿苛恭謹地指了指夢言和紀憶。

「哦？」女子的眼神有些奇怪，「這個女孩的身體內有著囚牛的血脈，能解開我的詛咒並不奇怪。可是那個人，他又是誰？」

那個人，指的當然就是紀憶。在場幾乎每一個人都愣住了。因為他們一直都認為紀憶是雪娘娘的外孫。而鏡中的這個女子，當然就是永遠不老的雪娘娘。可是，雪娘娘為什麼竟然不認識紀憶？

紀憶冷笑了一聲，看著鏡：「你竟然用了一個虛像來騙我們！」

鏡搖了搖頭：「你錯了，這個的確是如假包換的雪娘娘。你不認識她，只能證明你並不是她的外孫。」

「可是如果是真的，你為什麼沒有膽量讓她從鏡子裡出來？」紀憶質問道。

「她受了很重的傷，只能在鏡中藉著虛幻之體，才能擁有清醒的神志。」鏡說。

「受傷？不會是你把她打傷的吧？」紀憶問。

阿苛拉了拉紀憶的衣服：「他真的沒有撒謊。」

紀憶冷冷地看了阿苛一眼：「那就是我在撒謊嘍？」

阿苛愣了一會兒，看著紀憶：「是的，你在撒謊。你根本不是雪娘娘的外孫。」

「那麼，我又是誰呢？」紀憶問。

「你的心藏得很深，我讀不出。」阿苛說。

「紀憶，你真的不是雪娘娘的外孫？那你究竟是誰？你為什麼要騙了我們這麼久？」夢言忽然插話進來，問道。

「夢言，」紀憶的聲音緩和了下來，「妳是相信我，還是相信他們？」

紀憶所說的他們，當然是阿苛和鏡，或者還包括鏡子裡的那個雪娘娘。

「阿苛會讀心術，他說的應該沒錯。」夢言說。

「可是會讀心術的人，難道就不會說謊了嗎？」紀憶反問。

夢言一下子被問住了。因為在紀修儒那個故事裡，阿苛的確騙過紀修儒，儘管是善意的欺騙。

「所以，」紀憶轉頭看著鏡，「如果你要證明自己的話是真實的，就應該讓這位雪娘娘出來，最好還能讓她展現一下自己的冰雪領域。那才是雪娘娘獨一無二的身分標誌。」

「不行，我要顧及她的安危。她重傷之後的妖力，根本不足以維持自己的實體。」鏡堅持說。

「那有什麼其他的辦法，能讓雪娘娘出來？」夢言問。

「妳，」鏡中的女子說，「只有妳才能幫我，給我這種力量。」

「我？」夢言不解地指著自己。

「對，龍之力量可以幫我。」女子說。

「怎麼幫？」夢言問。

「把妳脖子上的龍筋給我就可以了。」女子說。

夢言回頭，徵詢地看了一眼安娜夫人。這條紅繩是外婆為她繫上的，除了安娜夫人，任何人也解不下來。安娜夫人點了點頭，走了上來，伸手從她的脖子上摘下了那條來自囚牛的龍筋紅繩，放在夢言的手裡。

「我該怎麼做？」夢言大睜著眼睛。

「直接遞給她，就可以了。」鏡和藹地說。

「不，不要給她！」紀憶叫了起來。

「為什麼？」夢言不解地看了紀憶一眼，走上前去，把紅繩遞向鏡子。紅繩和鏡面剛一接觸，就被鏡中的女子接了過去。

在那一瞬間，紀憶的臉色變得鐵青，非常難看。

鏡子立刻不見了。雪娘娘站在了眾人的面前。

「你究竟是誰？」她問紀憶。這個時候，所有人的眼睛都看著紀憶，等著他的回答。

「不，妳不會是雪娘娘，雪娘娘已經死了。」紀憶喃喃地說。

雪娘娘看了一眼阿苛：「阿苛，告訴他。」

阿苛點了點頭：「紀憶，看來你真的不是來自雪山。因為只要冰雪還在，雪娘娘是不會死的。這是雪山的妖怪們都知道的事。」

豆大的汗珠出現在紀憶的額頭。

「是的，我不會死。我曾經很傷心，妖力也減退了很多，但我真的沒有死。當年的雪山之圍，我只是被他收到了鏡的世界。那個世界裡也有雪山，我很快就恢復了自己的力量。」雪娘娘說。

「說謊，既然妳已經恢復了自己的力量，那為什麼現在要憑藉龍筋的力量才能從鏡子裡出來？」紀憶問道。

「因為不久之前，我在鏡子裡再次受了傷。」雪娘娘說。

「那是我的錯，因為時間太緊急，我沒有來得及告訴妳。其實，我也沒想到會發生那樣的事。」鏡說，「我沒有想到，瓶女會連妳也要一起攻擊。」

「不，不可能，瓶女不會攻擊妳的！」紀憶忽然又叫了起來。今天的紀憶，實在是太過反常了。

「為什麼？」雪娘娘微笑著問。

「因為妳也和囚牛相處過很久，妳的身上也殘留著龍的氣息。瓶女對龍的氣息有著本身的親近，是絕對不會攻擊妳的！」紀憶說。

「你說的沒錯。」雪娘娘又笑了，「這就是說，現在你已經承認我的身分了，對不對？」

紀憶愕然。

「那麼，現在可以告訴我們你是誰了嗎？」雪娘娘接著問了下去。

過了一會兒，紀憶恢復了平時的表情：「妳看呢？」

「我看，在你的身上，也有著囚牛的氣息，儘管這種氣息很微弱。唉，可是偏偏我的身上再也沒有了這種氣息。那場雪山之圍，我把這股氣息全部用上，加上自己的妖力，才勉強逃過了一劫。否則的話，我就算要在雪山重新恢復元氣，也要花去好幾百年的吧！」雪娘娘嘆了一口氣，「也許我做錯了。畢竟那股龍的氣息，對我來說，是很寶貴的東西。」

「我明白了，瓶女會攻擊妳，就是因為妳身上已經沒有了這股氣息。」紀憶好像鬆了一口氣。

「你好像很關心瓶女。我似乎也猜出你是誰了，只是我還沒有辦法確認。以念力造就後人，這真的可以嗎？」雪娘娘狐疑地說。

「那很難。」紀憶認真地說，「她的確造了很多，但我是活下來的唯一一個。可以說，是她的第三代吧！」

「紀憶！」夢言越聽越是糊塗了，「你究竟是誰？」

紀憶無奈地看著夢言，笑了笑：「對不起，我一直在騙妳。雖然我對妳說過的話都是真的，可是我的身分卻不是雪娘娘的外孫。我是被瓶女用念力憑空造出來的妖怪。」

「原來是這樣。」安娜夫人點了點頭，「這樣說來，瓶女的妖力，確實已經很可怕了。」

「什麼憑空造出妖怪，你們在說什麼啊？」夢言聽得莫名其妙。

「這個問題，最好還是讓紀憶來解釋。」安娜夫人說。

紀憶點了點頭，卻沒有開始解釋，而是問了夢言一個問題：「妳知不知道，妖怪有幾種形成的方式？」

夢言想了一下：「嗯……修練？年久成精？別的不知道了。」

「沒錯。」紀憶說，「一般來說，很多動物、植物甚至器物，年代久了，再加上一些修練或機緣巧合，就能成為妖怪。但是除此之外，也有不少別的情況。比如有極少數的妖怪，可以透過生育，讓下一代直接成為妖怪。又有一種，是天生的特異體質，或者說這也可以算做妖怪的一種。」

「天生特異體質？」夢言重複了一遍。

「比如說狼人，月圓之夜可以變成一隻狼。又比如說雨男——這種男人有一種很特異的體質，只要他出現的地方，天上就會下雨，永遠也看不見太陽。這種情況，我也不能認定他究竟算不算妖怪。」紀憶說，「此外，魂魄間的奇異結合，也是一種造就妖怪的方式。比如說一隻貓會附身上剛死的女人身上，成為貓女。」

夢言聽得大開眼界，好奇地看著紀憶：「那你呢？是哪種妖怪？」

「就快說到我了，」紀憶笑了笑，「也有一種情況，妖怪根本就是產生於念力。所謂疑心生暗鬼，如果一個人有了害怕和猜忌之心，在他的附近，陽氣就難以聚集，妖怪就會趁虛靠近。這些趁虛靠近的妖怪，就是一種產生於念力的妖怪。有的時候，一個人坐在房間裡，忽然害怕起來，聽到特異的無法理解的響聲，那就是這種妖怪來了。」

夢言想起自己上學的時候，偶爾一個人在房間裡溫書，忽然聽到的一些難以理解的聲音，不由得縮了一下肩膀：「你……難道就是這種妖怪？」

「當然不是，不過也有某些相似之處。」紀憶說，「其實那種妖怪，更多的是由不良的念力凝聚而成。比如說害怕、怨恨、猜疑，甚至讀一部小說時產生的傷感情緒，對故事中人物遭遇的不滿，這種種念力會因為各種機緣聚集在一起，成為一些妖怪。其實這種妖怪，反而是數量最多的一種。而我，也是產生於念力的妖怪。不同的是，我完全是被瓶女一個人的念力製造出來的。製造我的念力，只是瓶女的希望和寄託。正因為如此，我身上才會也帶著一股龍子囚牛的氣息。而當我們在妳的夢之領域遇到囚牛的時候，我叫他外公，他才沒有反對。」

「希望和寄託，就可以造出一個妖怪？」夢言思索著，「真的可以嗎？」

「對，只要這種希望和寄託足夠強烈，加上強大的妖力，就沒有問題。」紀憶肯定地說。

「是嗎？那麼……」夢言閉上了眼睛，思考了一會兒，伸出了一隻手，若有若無地在眼前一揮。就是這一揮，讓所有的人都愣住了。因為他們明明白白地看見，一個人出現在夢言的面前。那是石磊！

夢言睜開了眼睛，看見面前的石磊，忽然就一把抱住了他，流出了眼淚：「石磊，你終於回來了！」

「這是在哪裡？」石磊輕輕地抱著夢言，有些不解地說著，「我記得有一天，我送妳去紀憶的診所。從那裡回來，我好像就睡著了，什麼也不知道了。我夢見過巴士，夢見過佩佩，還夢到我們走在一處地下的礦坑裡。後來我又看見妳了，在安娜夫人的院門外，但是進門的時候，不知道為什麼，我忽然發現自己竟然進入了一個巨大的花瓶裡。那以後，我就什麼都不知道了。」

「沒有關係，你回來了就好，你回來了就好……」夢言喃喃地說著。

「這不可能！」紀憶看著夢言說。所有的人也都看著夢言，用那種不能相信的目光。

是的，這不可能，他們或者能夠相信夢言的希望和寄託很強大，但他們無法相信夢言的妖力會強大到能再造一個石磊。而現在，很明顯的是，他們明明在夢言身上看到了強大的妖力。那股妖力在發揮出來的時候，竟然是那樣的強大，幾乎變成了實質一樣的霧氣，瀰漫在夢言的身邊。

「我說……」鏡看著夢言的樣子，似乎連說話都艱難了起來，「能否讓我帶走瓶女？否則，可能來不及了。」

「為什麼會來不及？」夢言還沒有察覺到大家看著她的異樣眼神，不解地問。

「因為，」鏡說，「我想在暗中注視著我們的妖界勢力，已經不會再等下去了。」

「那又怎麼樣？」夢言問，「難道他們能夠突破外婆的安全領域？」

「能。」鏡點了點頭，「這麼多年來，妖界人丁雖少，卻也有很多強者沒有停止過探索。他們已經初步掌握了次元妖刀。」

「次元妖刀？那是個什麼東西？」夢言一邊問一邊看著周圍的人。顯然沒有人知道這件事，連雪娘娘和安娜夫人也不知道。

但是他們立刻就知道了。因為安娜夫人那永遠波瀾不驚的臉上，忽然就現出了一絲驚訝：「這不可能，我感覺我的領域，正面臨著威脅！」

似是對她這一句話的回應，整個天空立刻暗淡了下來。那不是烏雲，而是兩個巨大妖怪的身影，甚至遮住了整個天空。這兩個身影，高大得如同百層以上的摩天大樓，他們的每一隻腳，也都大過了任何一個網球場。這樣雄壯的妖怪，自然是力大無窮，更何況他們的身上筋肉糾結，處處顯示出準備爆發的威力。就是這樣的兩個妖怪，四隻手合力，抬著一把對他們來說像玩具一樣小的砍刀。當然，他們的這把玩具刀也足有百公尺來長，如果砍下去，就算是一座小山峰，估計也會劈開一道縫隙。

以這兩個巨妖的身材，誠然離著安娜夫人的院子還有數百公尺遠，但是只要他們彎下腰身，就足以把刀砍下來，摧毀這裡的一切。

「那把刀，太怪了！」安娜夫人訝異地說。

「那是一把孕育了空間力量的刀。」鏡說，「據說它能夠劈開不同的次元空間，因此才叫做次元妖刀。而每一個領域的力量，其祕密其實不過是製造了一個不同於本位面的異次元空間。」

「那就是說，有了這把刀，就能破除一切領域？」夢言問。

「那也未必，因為這樣的一把刀，不是一個一般的妖怪就能拿得起，揮得動的。」紀憶說。

「但是已經有妖怪拿起來了。」夢言說看著那兩個巨大的妖怪。他們正艱難地托著那把次元妖刀，慢慢地向前挪動。

「我絕不相信那是兩個妖怪。我認為那是兩萬個妖怪都不止。」紀憶冷著臉說。

鏡驚訝地看了紀憶一眼：「想不到你也知道。他們正是想出了集結萬妖之力，造成巨妖的辦法，才合起了兩萬妖力，拿起了這把重得可怕的刀。要想輕鬆運用這把刀的話，恐怕需要十萬妖力都不止。」

「我當然知道，別忘了我是瓶女的念力製造出來的。我身上擁有瓶女的一部分記憶，包括了聚集妖力的法門。」紀憶說。

「我能看出來，瓶女在雪山的紀憶，想必你也知道一點，這才能冒充一個雪山的後代。」雪娘娘說。

「外婆，妳的領域能不能頂得住？」夢言問。

安娜夫人搖了搖頭：「我不知道。」

就在這個時候，那把次元妖刀落了下來。安娜夫人哼了一聲，肩膀血光乍現，一隻手臂離開了她的身體。

「外婆！」夢言急切地叫了一聲，衝了過去。

雪娘娘的手中立刻凝起一團冰雪，凍住了安娜夫人肩膀的傷口。安娜夫人臉色蒼白，強挺著不倒，慢慢地說道：「看來我的領域擋不住這把刀。它只是砍偏了，下一刀砍下來的時候，我的領域就會被他們擊破。」

「外婆，妳不要說話，不要說話了……」夢言哭了起來。

天空忽然間亮了起來。原來是那一刀砍過，兩個巨人就像兩座山峰一樣地倒塌了下來。那是由兩萬個妖怪拼成的兩個巨人。在他們倒下的一刻，無數的妖怪恢復了真身，擠擠撞撞地落向了地面。但是顯然他們並沒有亂了陣腳。因為這些妖怪落向地面之後，立刻排起了整齊的隊伍，由數個妖怪法師指揮著，重新聚在了一起。他們唸著各式各樣的法咒，變幻著自己的身體，又重新聚集了起來。先是一雙巨大的腳，然後是小腿，然後是其他的部位。他們是在重新集結力量，準備再次聚集成那兩個可怕的巨人，發動另一次的進攻。

「我有冰雪領域，但是也不知道能撐多久。」雪娘娘說。

「我有鏡的領域，如果你們相信我，我可以帶大家離開。」鏡說。

「鏡的領域，能擋住次元妖刀嗎？」紀憶問。

鏡沉默了一會兒：「我只是不希望妖族再有損傷。希望你們能讓我現在帶走瓶女。相信如果帶走了瓶女，他們就會離開。畢竟發動這種突破次元的攻擊，不是一件容易的事。」

「你在撒謊。」阿苛看著鏡，冷冷地說，「就算你帶走了瓶女，攻擊仍會繼續，對嗎？」

鏡也知道自己瞞不過阿苛的心靈之眼，無奈地點了點頭。

「這又是為什麼？」夢言不解地問，「他們的目的，難道不是瓶女嗎？」

「本來是，可是現在不是了。」紀憶說，「現在他們的目的除了瓶女之外，又加上了一個妳。妳的力量太強大了，這對他們來說，也是一個很大的威脅。」

「我的力量？我的什麼力量？」夢言看著紀憶。

「妳能夠輕易地再造石磊出來，這已經證明了妳的力量之強。對他們來說，現在的妳，可能比瓶女還要可怕。」紀憶說。

「我？強大？」夢言如入五里霧中，看著在場的每一個人。

「我總算知道為什麼囚牛會贈妳這條龍筋了。」雪娘娘說，「我本以為他是要用這條龍筋的力量保護妳。其實我想錯了，除了保護妳之外，這條龍筋有著更大的作用。」

「什麼作用？」夢言問。

「它的作用是，束縛住妳身體裡的強大力量。只有這樣，在妳身上才無法發生禍亂妖界的事。」雪娘娘說，「在妳脖子上的龍筋被摘下來的時候，妳的力量已經開始復活了。」

「真的是這樣嗎？」夢言看著自己的全身上下，也看不出究竟發生了什麼變化。她還看了石磊一眼，可是石磊也只能報以苦笑。

「真是人算不如天算。看來這場混亂，已經難以避免了。」雪娘娘說。

「如果我真的有了很強大的力量，我願意保護大家。可是，我真的不知道該怎麼辨啊！」夢言叫了起來。

就在夢言這樣叫的時候，她驚訝地發現，自己的身體正在泛起一道道的白光。與此同時，雪娘娘手中的龍筋紅繩，竟然也泛起了道道的紅光！兩道光芒交相輝映，看得她頭暈目眩。

「我這是怎麼了？」她輕輕地說了一聲，然後失去了知覺。這樣的一個時候，她竟然睡著了！

可是在場的每一個人，都不知道她已經睡著，因為她們明明看見夢言仍然在繼續著她的行動。她顯然是有些陌生地看了一看身邊的每一個人，當她看到安娜夫人的時候，笑了，輕輕地向她走了過去，說了一個字。

「媽！」

媽?!所有人的眼睛都睜大了，不可置信地看著她。不是外婆嗎？怎麼忽然變了？

安娜夫人卻像是一點也不覺得驚訝，蒼白的臉上露出了一陣微笑：「安晴，妳終於來了。」

「是的，媽，我來了。」夢言的臉上帶著依戀的笑容看著安娜夫人，直到看到她的傷口，笑容凝結了起來，「媽，是誰把妳傷成了這個樣子？」

雪娘娘第一個明白過來，向前走了一步：「妳就是安晴？」

夢言點了點頭：「是啊！我是安晴。我從忘情谷出來了，雖然只是一個魂魄，雖然只能附身在我女兒的身上。這也沒有什麼不好，因為只有我才知道如何運用她體內那強大的力量。」

「安晴！」安娜夫人輕聲地叫著，「妳是怎麼出來的？」

「因為瓶女。」安晴答道，「是她提醒了我離開的路。」

安晴的故事

很久很久以前，天界的一本書裡就記載了我的命運。那是天書第48,796冊，上面只有一句話。囚牛，龍第一子，生女安晴，亂妖界。

但是無論如何，我還是被我的母親生了下來，慢慢地長大。我長大的地方叫做忘情谷。我不知道居住在這樣的地方是否真的能夠忘情，或者只是讓人平添寂寞。這是一個很靜的山谷，山谷中沒有任何生靈，除了我們一家三口。

這裡空得很，空得只要講一句話，就到處都是回聲，讓人無處可逃。於是當我正在外面孤獨地玩耍，玩到太陽下山，汗溼脊背的時候，母親喚我吃飯的那一句話，就顯得更加悠長而親切。

「安晴——安晴安晴安晴——回家吃飯啦——吃飯吃飯吃飯——」

讀書、刺繡、玩、等著母親那一聲呼喚，然後吃飯、睡覺。這就是我在忘情谷中的生活，一直到長大。那時候我真的長大了嗎？我不知道，只知道自己開始變得更加寂寞了。在這個沒有生靈的山谷，太陽每天都會準時升起，月亮每月都會準時變圓，就連星星也懶得眨眼，呆呆地掛在夜空裡，沒有一絲一毫的變化。

唯一的變化，可能是天空偶爾會下一次雨。雨下的次數很少，不分季節。隨時都有可能下，但是一年不會超過三次。母親說，那是父親的某個龍子兄弟來看他了。父親還有兄弟，母親也有自己另外的一個家，只有我什麼也沒有。我很想問一問，除了父母，我還有什麼親近的人呢？可是他們都不告訴我。

我就等，我等在外面，希望有一天下雨的時候，能看見自己的某一個叔叔，希望能抓住他，問出一個答案。為此我曾經爬上過谷中最高的山坡，可是就算在那裡伸出手，也仍然搆不到天空。我能怎麼樣呢？除了繼續我的寂寞。

日子就那樣一天天地過去啦！過了多少年呢？我不知道，我也不想數。就是數清了，也一定沒有什麼用。

這一天很奇怪，因為天是陰沉沉的。我想這一定是一個叔叔來了吧！我跑了出去，一直跑向了最高的那個山坡。就在那裡，我遇到了一隻鳥，一隻不知從哪裡飛來的鳥。於是這隻名叫畫眉的鳥，成了我唯一的夥伴。我把畫眉藏了起來，讓牠陪著我一天天的成長。直到有一天，畫眉忽然變成了一個男人。直到有一天，這個男人在我的身體裡留下了一個孩子，就離開了。直到後來，我生下了一個女嬰，她的名字叫做夢言。

在夢言出生的那一天，母親離開了。母親離開不久，父親也離開了。父親告訴我，我一生一世也不能離開這個山谷，否則就會給整個妖界帶來災難。

可是我想離開，我想去看我的女兒，想去尋找我的父母，希望能夠再次遇到我的畫眉。只是我找不到一條可以離開忘情谷的出路。這裡被奇異的力量控制著，與世隔絕，也許只有父親那樣的龍子，才能來去自如吧！

我一個人寂寞地生活在谷中，每天都再一次地重複我的寂寞。

忽然，有一天，我聽到了一個怪異的聲音，那是在山谷的邊緣，傳出了急切的敲擊聲。是有人要進來了！

是的，有人要進入這個山谷。她穿著一件紅色的長裙，站在谷外，敲打著山壁。其實我們之間隔著一座山呢！可是我竟然看見她了，因為山壁在被她敲打的那一刻，竟然變得透明起來。我知道了，這一定是忘情谷出入的路口。只是這個路口已經被父親的法術擋了起來。

「妳是誰？」我站在谷內，問那個穿紅裙的女子。

「我是瓶女，」她說，「我要找到囚牛，無論如何我也要找到他。」

瓶女一邊敲打著山壁，一邊和我說話，我能夠清楚地看到她眼中的急切和心中的寂寞。我可以看出來，她那種想見到囚牛的心情，和我想見到畫眉的心情並沒有什麼不同。

「父親離開了，不知道去了哪裡。」我告訴她，「他們都離開了，這裡只有我一個人。」

「是嗎？」瓶女露出一個無奈的苦笑。她也離開了。

從那一天起，我就忙碌了起來，我找來了忘情谷中一切可以利用的東西，石頭、木棒、菜刀，甚至結實的凳子。我每天要做的唯一一件事，就是對這處山壁發動攻擊。我要打開這個出口，我要去外面的世界。外面的世界會不會因我而變得混亂，這不關我的事。沒有人有這個權力，可以把我困在這個無聊的地方。

可是，我無論對這處山壁做什麼，它仍然沒有任何的變化，至少看起來是這樣。這種時候，我倒希望能回到以前，回到瓶女從沒有來過的時候，因為那時候我根本沒有一絲希望。可是希望已經出現了，這一絲的希望就像一個火種，徹底的燃燒了我。

終於有一天，我徹底爆發了。我發了一個誓：「如果不能出去，我就立刻死在這裡！」

我當然出不去，因此我一頭撞上了山壁，要結束自己的生命。

我死了嗎？我不知道。在我撞上山壁的一刻，我連疼痛的感覺也沒有，就發現自己已經離開了忘情谷。回頭看的時候，我還能看到自己的身體倒在谷中，頭上正在流出鮮紅的血液。

是的，是我的靈魂離開了忘情谷，開始四處飄蕩。我好像聽到了母親和女兒的呼喚，聽到了父親的呼喚。唯一聽不到的，是畫眉的聲音。循著這若有若無的呼喚，我走過一個又一個地方。我不知道飢餓，也不知道疲勞，永無休止地穿行在無數的城市和鄉間。直到有一天，我路過一個陰暗的城市角落，遇到一陣強大的力量。不知道為什麼，我被那股力量吸了過去，我終於暈倒了。那是我成為靈魂以來的第一次暈倒。

等我醒過來的時候，發現自己已經是一個巨大妖怪的一部分。當這個巨大妖怪和另一隻同樣巨大的妖怪用那把刀向這裡劈過來的時候，我忽然看見了你們。在那一刻我不知道自己爆發出了多大的力量，但我能清楚地感覺到，是我讓那把刀偏離了它應該落下的地點。刀落下去的時候，我看到了妳，媽媽。我看到妳失去了一隻手臂，我還看到了我的女兒。我認出了妳們。

刀落下去的時候，巨大的妖怪忽然崩塌了。沒有人管我。我擺脫了那股力量的束縛，衝進了這座院子，來到了自己女兒的身體裡。

「妳不該來的。」安娜夫人說，「因為我從妳的眼睛裡，看見了那麼多的不甘心。」

「是的，媽媽，我不甘心。」安晴定定地看著安娜夫人，「我不明白，為什麼只憑那本天書上的一句話，我就要被困在忘情谷那麼久。住在那個沒有任何生靈，與外界無緣的地方，是怎樣的一種寂寞，我想，妳也沒有忘記吧？我恨那本天書，我恨這個世間的一切。為什麼大家都要離開我？妳、爸爸、畫眉，還有我的親生女兒！現在，是我開始報復的時候了！」

「孩子，仇恨會使妳迷失本性。」安娜夫人說。

安晴像是沒有聽到安娜夫人的話一樣，向著門口走了過去。

「等一下，妳要做什麼？」鏡攔住了她。

「我要報復這個世界。」安晴說。

「外面有很多妖怪，妳不是他們的對手！」鏡說。

「兩萬妖怪，我還不會放在眼裡。」安晴說。

「不是兩萬，隨後趕來的，絕對會有百萬妖眾！」鏡說。

「那不是更好嗎？」安晴冷笑了一聲，「天書上說，我安晴可以禍亂妖界。既然無法逃避那本破書的安排，我就讓它變成現實好了！」

「不要去！」幾個人一起叫了起來，其中有一個聲音發自安晴自己的嘴裡，那是夢言的聲音。

「乖女兒，好好睡一覺吧！這個世界帶給妳的混亂還不夠嗎？我會幫妳把該討的全都討回來。」安晴輕輕地說。

隨著這一句話，天空又重新暗了下來。那兩個巨型妖怪，又已經聚集成形，再次舉起了手中的次元妖刀。

安晴向前走著，鏡伸出手攔她，卻想不到她的速度太快了，只攔到了一個虛影。真正的安晴已經閃出了院門，凝視著上方的巨妖，雙手伸出，立刻化成了一對龍爪。這對龍爪做著繁複的動作，讓每一個人都看不出那是哪一種妖法。而那把長達百公尺的次元妖刀，已經落了下來。

「夢！」安晴叫了一聲。一片迷霧一樣的東西迅速地飄起，迎上了兩個巨妖。當那片霧色接觸到巨妖的身上時，那兩個巨妖很明顯地停滯了一下，似是顯得非常迷茫。他們的手同時鬆開了，那把妖刀刀刃向下，直直地落入了安娜夫人的院落。

院裡的人們立刻四散躲開。紀憶及時抱住了安娜夫人的身體，至少躲開了十幾公尺遠。長刀落下，土屑紛飛，一個巨大的裂縫出現在院子裡，整個院子已經面目全非。雪娘娘、阿苛、紀憶、安娜夫人、佩佩和鏡，每個人的身上都落滿了塵土。

「安全領域，已經沒有了。」鏡說。

可是還不只如此，妖刀在地上劈開的鋪地石板高高地飛起，砸向了主房，至少有兩個房間在轟鳴聲中塌了下來。

「那是瓶女的房間！」紀憶大聲叫著，衝了過去。

此時已經崩壞的院子外面，兩個巨人在放開妖刀之後，也再次倒了下去，化成了兩萬妖怪。只是這些妖怪在落地成形之後，竟然漫無目的地行走了起來，如同夢遊。

天空中忽然響起了陣陣雷鳴，響聲巨大的沉雷一個接著一個，彷彿在搖動著整個天地。

「那是什麼啊……」安晴的身體裡再次傳出了夢言的聲音。顯然，她那被安晴送入沉睡的靈魂又一次醒了過來。她迷迷糊糊地看見了無數夢遊的妖怪，而在這些妖怪的後面、遠方，正傳來一聲聲的吶喊，正出現了一片接天蓋地的身影。

「那也是妖怪嗎？十萬也不止啊……」夢言說。

這個時候，夢言看見再次舉起的雙手，而那雙手，赫然正是一對鱗光片片的龍爪。這一對龍爪再次憑空畫著繁複的手印。

「這個是……夢的妖術嗎？」夢言吃驚地看著自己的行動，她好像聽到自己體內有什麼東西破碎的聲音，隨之湧上來的，是一個龍族後代的全部知識。一下子知道了那麼多東西，讓她有些手足無措。不過，正在指揮著她手腳的，顯然不是她自己。

「妳是誰？」夢言分明感覺到了身體裡的另外一個靈魂，那是一個她想念過很久的、很親切的靈魂。這個靈魂為什麼會到了她的體內？

「夢！」安晴再次發出喝叫，更大片的迷霧在她的身邊散開，撲向前去。

夢言立刻就知道了，她體內這個靈魂正在把眼前這些妖怪，由一個夢境，送入了更深一層的夢境。而這些妖怪們，會因為這樣而永不醒來。

「我是安晴，妳的母親！」夢言聽見自己的嘴裡發出這樣的聲音。她知道了，是自己母親的靈魂正在和她共用一個身體。

無數的妖怪像潮水般地湧了過來，接觸到了夢言身上散發出的迷霧，立刻進入了夢境。夢言無法計數進入夢境的究竟有多少妖怪，而她更無法計數的，是正在湧上來的妖怪。

「妳給他們的是什麼樣的夢境？」夢言大聲問著。

「是寂寞，他們將會永遠寂寞！」安晴也大聲地回答。

這一問一答，看來根本就是一個人在自言自語。

妖怪們繼續地湧了上來，夢言極目向遠處望去，看著這些似乎永無休止的異類生命。其中有一個，在她看來是那樣的不同。那是一個通身藍色的妖怪，身體像水晶一樣，發出好看的光芒。那個妖怪正唸誦著一個根本聽不清的咒語。

「他在幹什麼？」夢言大聲地問著。

可是安晴沒有回答她。因為安晴看到了另外一個妖怪，那是一個很美的妖怪，是一個少年。那個妖怪的身上生著黃色的羽毛，羽毛是澄明的黃，黃得耀眼。

「畫眉！」安晴大聲地叫了起來。

可是她的聲音同樣被妖怪們淹沒了。甚至她身邊的光線，也被不知什麼東西淹沒了。她的身邊立刻一片黑暗。

「是那個藍色的妖怪，他發出的一定是暗的領域！」夢言提醒著自己的母親。

可是安晴好像沒有聽見般，就在這根本看不見東西的地方，一次次地發送著夢的力量。

這個時候，安娜夫人的院子裡，正是一片冰雪，那是雪娘娘的冰雪領域。厚厚的堅冰，把院裡的人全都保護了起來。阿苛扶著安娜夫人，紀憶背著沉睡中的瓶女，佩佩在一邊緊張地東張西望，鏡的眼睛緊張地盯著院子外面，直到眼前一黑，再也看不見。

「那是藍妖的黑暗領域，除非永遠放棄看的願望，否則無法從那裡逃脫。」鏡說。

「就算看不見，他們也攻不進這道堅冰防護的，」雪娘娘在黑暗中說，「除非他們能夠再次舉起次元妖刀。」

可是他們能不能再次舉起那把長刀，卻是沒有一個人能夠看得見。

「夢言，夢言還在那裡！」石磊叫了起來。

那是夢言，同時也是安晴。安晴一邊釋放著自己似乎永遠也釋放不完的仇恨，一邊思索著如何應對眼前的黑暗。她想到了。

「夢言。」安晴輕輕地叫了一聲，不是用嘴，用的是自己的心。

「我在。」夢言也一樣用自己的心回答。

「媽媽沒有給過妳什麼，現在媽媽決定，給妳一雙眼睛。等妳再次回到真正的人間，就再也不會只看到白茫茫的一片。」安晴說。

「這真的可以嗎？」夢言問。她還不知道這意味著什麼。

「可以！」安晴很確定地回答，然後，她放棄了自己看的權力。這樣一來，當她離開這個黑暗領域的時候，她將會再也看不見，什麼也看不見。

只是有這一刻能看見，對她來說，就夠了！

那一刻，她真的看見了。看見了無數在夢境中迷茫的妖怪，看見了那個因為釋放出黑暗領域而坐在地上休息的藍魔。同時，也看見了她想念了很久的情人，生著澄黃色羽色的畫眉。她一步步地走過去，擠開身邊的妖怪——這費了她很大的力氣——她在妖怪的潮流中慢慢地前進著，黑暗中沒有誰會傷害她。她只是累。身體很累，心也很累，還帶著那麼多的不甘，那麼多的思念。不知道過了多久，她終於來到了心上人的身邊，握住了他的手。

「畫眉！」她大聲地叫著他的名字，眼淚止不住地流了出來。

「安晴？」畫眉立刻就認出了她，「妳怎麼出來了？」

「是，我出來了。你為什麼就離開了呢？」安晴問。

畫眉一把將她抱在懷裡：「我不知道，我以為我離開，還能回去找妳。可是我去過了，去過了很多次，卻再也找不到進入那個山谷的路。我在那裡飛了很久，可是不行，我找不到，我找不到！」

「可是你知不知道我在那裡寂寞了多久啊？」安晴哭叫著。

畫眉不說話，只是緊緊地抱著她。

「跟我走吧！畫眉，我要帶你去一個地方，那裡只有我們兩個人，我們再也不會分開，再也不會醒來……」安晴喃喃地說著。

「什麼？」畫眉大聲地問。周圍的聲音太吵了，他根本聽不清安晴的聲音。

可是安晴的雙手已經再次結起了法印，那一雙龍爪，就在環抱著畫眉的時候，發出了她的下一個法咒。

「七重夢境！」安晴鄭重地唸出了法咒的名字。

畫眉忽然感到手中一空。夢言忽然感到自己離開了母親，感到自己帶著自己的身體，遠遠地飛了開去，飛回了安娜夫人的院子。院子裡很冷，那是雪娘娘的冰雪領域。雪娘娘察覺出她身體裡那股熟悉的龍息，把她放了進來。而畫眉，感覺自己的靈魂被安晴拉著，進入了另一個夢幻身的世界，再一個夢幻般的世界，又一個……這兩個分離了多年的靈魂，一直進入了七重的夢中世界，他們將再也不會醒來。

「這裡太危險了，我們應該離開！」鏡叫著，「來啊！都到我的鏡中世界來。大家和瓶女一起去！」

「看來也只有這樣了。」雪娘娘說。

第十五章

鏡沒有說謊。在鏡的世界真的有一個唯一的出口，通向一個沒有人能夠找到的地方。只有把瓶女藏在這裡，才能避免妖界的強者前來挑起爭執，才能避免妖界成員數量大量減少。安娜夫人正是接受了鏡的這個想法，才親口答應過鏡的請求。而她答應鏡這個請求的另一個原因，夢言並不知道。她仍然記得安娜夫人的那句話和鏡的回答。

安娜夫人說：「我也是一個領域擁有者，也擁有類似的一個最大特權，我當然知道你的意思。可是你覺得，這樣做真的值得嗎？」

鏡回答：「在下不才，僭越一個妖界前輩，有所不為，有所必為。」

這一問一答中，究竟有什麼意思還沒有被說出來？

等他們全部到達了鏡之世界的那個唯一出口的時候，夢言終於知道了。

「注意，這個出口只會出現大約五秒鐘的時間。五秒之內，你們必須全部通過。然後洞口將會永遠關閉。」鏡說。

「那你呢？」夢言問。

「我留在這裡。」鏡說，「在你們離開之後，我會死去。」

「為什麼？」夢言吃了一驚。

「這裡之所以會真正對外關閉，就是因為我的死。」鏡說。

「他說的沒錯，這就是領域擁有者最後的祕密。」雪娘娘說。安娜夫人也跟著點了點頭。另一個點頭的是阿苛，他的點頭，等於確認了鏡的誠意。

「你怎麼能這樣做！」夢言叫了起來。雖然她並不瞭解鏡，可是有限的幾次接觸，使他對鏡產生了很大的好感。

「因為我是一個鏡妖。幾千年來，我這面老鏡子，照過世上太多的動盪了。」鏡微微一笑，伸出手來憑空一抹，像是在擦拭著一面鏡子。被他的手抹過的地方，登時就亮了起來，出現一個如水的鏡面。

「快，只有五秒！」鏡緊張地叫了起來。

這個鏡面不算太大，可也不小，足以容得下兩個人並肩通過。幾個早有準備的人立刻魚貫而入，包括了斷臂的安娜夫人，和睡在紀憶背上的瓶女。雪娘娘走在最後，在走過之後回過了頭：「謝謝你。在鏡中世界時，我受過你很多照顧。」

在那一刻，雪娘娘看見鏡的身體忽然就像面臨了無法理解的重壓，成了一個扁片。因為他一身的黑衣，這個扁片也是一片黑乎乎地，飄離了地面，斜斜地壓了過來，剛好堵住了他們剛才進入的通道。通道一下子就消失了，通道另一邊的一切景色也消失了。他們已經來到了一個奇異的地方。

這個地方的基色就是紅色，肉紅。這個地方也有流水，血紅。這個地方還有聲音，如同心臟的跳動。腳下的地面是有彈性的，如同踩在一個人的皮膚上。夢言踩著這樣的地面找了很久，也沒有找到那個像心臟跳動的聲音的來源。

這裡的空間很開闊，大得似乎沒有邊際。這裡也有很多樹木，也都是紅色的，繁密的枝條蔓延開來，像是一個人的微血管。枝條上開著碗口大的花朵，花瓣像紅寶石一樣美麗。也有花瓣已經脫落，結了果實的，果實紫紅色，形狀和大小都像一顆顆的圓茄子。夢言摘下一個嚐了嚐，果肉鮮美，汁水甘甜，還有一股涼意沁人心脾。

「這是什麼地方？」夢言問進來的每一個人。可是每一個人都無法回答。

自從到了這裡，雪娘娘就在一棵樹下安靜地坐了下來，如同一尊雕塑。她說這裡是一個修練的好地方，既然已經無法離開，就讓自己變得更完美一些吧！

安娜夫人自從一來到這裡，蒼白的臉色很快恢復了紅潤。甚至她那隻斷掉的手臂，立刻癒合了傷口，而且竟然開始重新生長了起來。

「就算是多了這隻手臂，又有什麼用呢？」安娜夫人自言自語，「看來這個地方，是再也出不去啦！」

「不躲到這裡來，又能去哪裡呢？」佩佩很現實地說，「我們和瓶女接觸得太多了，妖界的人不會放過我們。」

紀憶自從到了這裡，就一言不發，只是守著瓶女發呆。瓶女的這一次睡眠，顯然太久了，甚至根本沒有在數日內醒過來的意思。她可能吃了太多的妖怪，所以也根本不餓。每天阿苛都會去她的身邊，讀一下她心裡的最新消息。可是這個消息太舊了，舊得就像是一張很久以前的唱片：「囚牛，囚牛，囚牛……」

也不知道外公囚牛究竟有多好，值得她如此掛念，連睡夢中都不停止。

石磊忠實地跟在夢言身後。夢言去哪裡，他就跟到哪裡。夢言甚至有些懷疑自己在重新製造他的時候，是不是加了太多只屬於自己的意思。可是就算是她的意思，她有這麼強烈的想法讓石磊寸步不離嗎？

可是無論如何，夢言都覺得自己是最幸福的一個。外婆在這裡，石磊也在這裡。就算留在這個地方永遠不能離開，又怎麼樣呢？一個念頭忽然在她的心裡出現了。

「我們在這裡蓋房子，造一個家吧！」夢言說。

石磊立刻點頭，去找蓋房子的材料。這裡無風無雨，溫度適宜，房子也不需要太結實，用樹木就足夠了。於是石磊找到紀憶，讓紀憶幫他做了一把堅冰的斧頭。這把斧頭雖然是冰做的，可是永遠也不會融化，拿在手裡也不會覺得冷。而且，斧頭很鋒利。他找到了一棵樹，一斧頭砍了下去。那棵碗口粗的樹立刻抖了一下。不是被斧頭砍出來的抖動，而是那棵樹就像一個活物，因為疼痛而抖動。接下來，整個空間內就傳出了一聲嘶吼。這吼聲像是響在身邊，又像是響在很遙遠的地方，難聽而又響亮，就像是一陣被切成碎片的雷聲。就像雷聲之後立刻就是閃電，這裡，吼聲之後，接著就是地震！

整個空間，兇狠地搖晃了起來，地面在晃，樹在晃，河裡的水流立刻揚起來了滔天的紅浪。所有的人都嚇呆了，抱住自己身邊可以依靠的東西，讓自己留在原地。

「發生了什麼事？」每個人都在問。

慢慢地，地震停止了。除了瓶女還在沉睡，所有的人都聚在了一起，驚魂不定地聽著石磊的敘述。

「這不是一般的空間。我認為我們是到了一個生物的體內。」紀憶說。

可是什麼樣的生物，會有這樣大的身軀呢？

「是鯨？」夢言問。鯨，是她所聽說過的最大的動物了。

「不會是鯨。」紀憶說，「妳聽說過鯨的身體裡有樹嗎？而且這樹上還會結出果實？」

「那是什麼？」夢言問。

「妖，只能是妖。」雪娘娘說，「這是一個我們沒有聽說過，也沒有見過的奇特的妖怪，我們正在他的身體裡。」

「那是什麼妖怪啊？」佩佩忽然插了一句，然後問了一個很現實的問題，「我們會不會慢慢就被他消化了？」

「我們應該去找一下。」紀憶說，「如果這些樹木是他的血管，我們腳下的土地是他內臟的壁，那個發出聲音的地方是他的心臟，那麼我們也許可以確認自己的位置。或者說，我們可以確定自己是不是在他的胃裡。」

於是，雪娘娘、安娜夫人和瓶女留在原地，幾個年輕人出發了。他們沿著腳下的路一直走一直走。餓了、渴了，就摘樹上的果實吃，累了就原地坐下來休息。這個地方沒有白天也沒有黑夜，溫度也很適中。如果不考慮那股奇異的紅色，實在是一個很適合生存的地方。他們一直往前走，見到的景色都是差不多。樹木，還是樹木。河流，又是河流。彷彿是照著他們心中所想，每一條河流要嘛不是很寬，要嘛就是上面倒著一排排的樹木，像是一座座的橋樑。他們沒有遇到任何阻攔，一直走出去很遠很遠。

這一天他們正坐下來休息，紀憶忽然說話了：「這不可能。」

「什麼不可能？」夢言問。

「其實我們的速度根本不慢。」以這樣的速度，走了這麼多天，就算是再大的森林，我們也已經穿過去了。可是這裡的景色，每一天都和前一天遇到的差不多。」

「那又怎麼樣？」夢言問。

「我也不知道，但是我忽然有了一個猜測。我們來做一個實驗。」紀憶說，「大家閉上眼睛，努力地想一下。」

「想什麼？」夢言、佩佩和石磊一起問。

「就想一下我們如果再往前走，會遇到什麼。」紀憶說，「注意，不是你希望遇到什麼，而是你認為應該遇到什麼。越具體越好，具體到每一棵樹，具體到每一根枝條，具體到你閉著眼睛，也能知道它是什麼樣子！」

於是他們坐在那裡冥思苦想，想了很久才繼續走了下去。

「我看到了！」夢言第一個說。

「我也看到了。」紀憶說。

「你們看到了什麼？」佩佩問。但是在她問著的時候，一回頭，也叫了起來，「我也看到了！」

最後，石磊和阿苛也看到了。

他們看到的，是自己想到的那棵樹，和他們閉上眼睛時想到的一模一樣。

「看看這幾棵樹，」紀憶說，「看看它們的根部。」

大家都低下頭去，看著那幾棵樹根部的泥土。泥土很鬆軟，蓬鬆著，在樹根處形成了個鼓包。

「植物學我沒有學過。」紀憶說，「但是我敢推斷，這幾棵樹，是在我們剛才思考的時候，隨著我們的思路剛剛長起來的！」

這真是太奇怪了。

「誰的速度最快？」紀憶忽然問。

「我。」佩佩說，「我可以現出原形，以狐狸的速度奔跑。」

「那好，妳沿著這個方向，繼續向前，全速奔跑，跑到沒力氣保持速度為止，再回來把看到的告訴我們。」紀憶說。

雖然不知道是什麼原因，佩佩仍然化成了一隻火紅的狐狸，嗖地一聲竄了出去。一個小時後，佩佩回來了，眼睛裡滿是驚訝。

「我看到這個地方的邊緣了。」佩佩喘息著說。

「怎麼樣？」夢言趕緊問。

「我過不去。」佩佩說，「我快，可是那個邊緣比我還要快得多。它是生長的，一直向前延伸。」

「什麼？」夢言像是不相信自己的耳朵，她沒有想到，世上還有這樣的地方。

「我知道了。」紀憶說，「這個地方，根本就是我們自己造出來的。我們和這片地域是一個共同體。沒有一個人能夠離開自己。」

「我們的共同體？」夢言不明白，「那它為什麼還要地震？」

「我們就算自己踩了自己一腳，也一樣會叫痛，一樣會跳起來的。」紀憶回答。

於是他們往回走，走了很多天，又回到了原來的地方。雪娘娘、安娜夫人和瓶女仍然等在那裡，而安娜夫人的手臂已經長好了，瓶女仍然在睡。看樣子就算是再來幾場地震，也震不醒她。

「是這樣啊！」雪娘娘和安娜夫人聽了紀憶的話，沉思起來。

「我們這些人，共同成為這片地域的生命之源。沒有人可以走到自己的生命以外，也沒有人能夠進入別人的生命。正因為這樣，這裡才成為任何其他妖怪也無法到達的地方。但是我們自己，也永遠無法離開了。」紀憶說。

儘管每個人都知道自己無法離開，可是聽著紀憶重複這件事，大家還是有些失望。

「不！」夢言忽然說道，「或許有一個人可以。」

「有人可以嗎？這不可能！」紀憶立刻反駁，「這處地域，根本就是一個整體。它是我們共同造出來的一個妖怪。如果有人能夠進入，能夠離開，那我們就應該可以跟著他一起進入或者離開了。」

「是啊！鏡放棄了自己的生命，不會留下這樣大的一個漏洞。」雪娘娘說。

「可是鏡自己畢竟沒有來過這個地方，就算這裡有漏洞，他也很可能不知道。」安娜夫人忽然說，「夢言，妳是說，誰可以？」

夢言沒有說話，指了指睡在樹下的瓶女。

「瓶女？」雪娘娘的眼睛忽然亮了一下，「對了，瓶女一直在沉睡，而且在沉睡中除了囚牛什麼也沒有想。她不可能參與到這場製造空間的行動裡來。也許，她真的可以。」

說到這裡，雪娘娘忽然一怔：「如果真的是這樣，鏡的犧牲，真的就是沒有任何價值了。」

夢言也立刻想到了這一點。這個時候，如果瓶女醒來，這個空間對她來說也許形同虛設。這就是說，外面的妖怪可以找到這裡，她也可以自由地離開。那麼，這場妖界的混亂，仍然是無法避免。

「我真的不希望妖界繼續亂下去，可是看來，我們根本無能為力。」雪娘娘說，「除非我們現在就殺死瓶女。」

所有的人都看著她，知道這句話等於沒說。畢竟這裡沒有一個人能狠下心來，殺死睡夢中的瓶女。

「那麼，我們能做的，只有等待，只有靜觀其變了。」安娜夫人說。

「不，也許我們可以請教一個人。」雪娘娘說。

「誰？」其餘幾個人立即問道。

「囚牛。」雪娘娘說，「夢言，能不能試一下，在這個空間裡，妳能不能進入夢境？」

「進入夢境？那有什麼用？」夢言問。

「妳和我一起進去。憑著這條龍筋紅繩，也許囚牛的靈魂能夠再次出現，為我們解答現在的難題。」雪娘娘說。

「那好，我試試，」夢言說，「紀憶，妳還能催眠我嗎？」

很快地，夢言再次進入了夢境。這是一片空闊的地方，除了雪娘娘和夢言，根本沒有第三個人。

「怎麼了？難道不行嗎？」夢言自言自語，「我試一試，讓夢境更深一些。」

夢境果然更深了，四周的空氣都泛著不可知的波動。可是仍然沒有囚牛。

「再試試！」雪娘娘鼓勵著。

夢言試了一次，又試了一次。終於，在她試到第七次的時候，一切都不同了。

這一次，她是在一個從沒有到過，卻又似曾相識的地方。這是一個環形的山谷，圍住山谷的群峰似乎也並不高。可是那些山峰卻有一股股清晰得能夠被人看見的氣息，向著天空延伸開來，一直延伸到連鳥也飛不過，雲也飄不過的高度。這股氣息，形成了整個山谷的封閉，使這個山谷裡雨草不生。

山谷的正中，建著如同宮殿一樣的房子，甚至房子旁邊還有著豪華的花園。花園中假山掩映，流水潺潺，繁花似錦。那些花，每一朵都閃著五顏六色的光華，發出迷人的光彩。

「那些花都不是活的。」雪娘娘說。

「我知道，那是寶石做成的花。我以前做過夢，夢到過這個地方。我覺得我來過這裡。」夢言說。

「我也覺得，我早就應該來這裡。」雪娘娘也說，「我好像感覺到了囚牛的氣息。」

「囚牛？」夢言轉過頭看著雪娘娘。

「是的，如果我沒有猜錯的話，這裡就是妳的出生地，忘情谷。」雪娘娘癡癡地說。

就在這個時候，夢言看到了，遠處正站立著兩個人。其中那個女子似曾相識，而那個男子，分明就是他在安娜夫人院外見到的那個少年，那個生著澄黃色羽毛的少年，畫眉。她明白了。那個被少年攙扶著的女子，一定就是她的親生母親——安晴！

夢言想親眼見到自己的母親，不知道想過多久。就連在夢鎮的許願，她也差一點許上了重新見到母親的願望。這個時候，她再也無法控制自己的腳步，飛一樣地跑了過去。

她跑得很快。是的，這是她創造的夢境，在這裡，只要她願意，沒有人會比她更快。幾乎是一眨眼間，她就來到了安晴的面前。當她興奮地看著安晴那張秀麗的臉時，她呆住了。

這張臉的眼眶裡空空如也，沒有眼睛。

「媽……」夢言哽咽著叫出了聲。

安晴怔了一下，立刻認出了夢言的聲音：「是誰，夢言嗎？妳怎麼來了？」

站在安晴身邊的畫眉輕輕地拍了拍她的背：「因為這是妳借用夢言的能力造出的夢境啊，她當然能來。」

「你是……我的爸爸嗎？」夢言看著像少年一樣英俊的畫眉，這樣的眼神讓畫眉有些不好意思，但他終於還是點了點頭。

這就是我的父母，這就是，我終於見到了。夢言忽然覺得自己很幸福，幸福到傷心。她走過去，輕輕挽住了安晴的手臂，卻是一句話也說不出來。

「妳把自己的眼睛留給了夢言？」雪娘娘問安晴。

安晴微笑著點了點頭：「是啊！我欠這孩子太多，也沒有什麼好留給她的了。」

「囚牛在嗎？」雪娘娘又問。

安晴搖了搖頭：「我在製造這個夢境的時候，沒有把父親造進來，他不在。這裡只有我和畫眉，不需要任何人打擾。」

雪娘娘嘆了一口氣：「是啊！囚牛欠妳的實在太多了，可是無論如何，他都是妳的父親。」

安晴微笑了，空洞的眼睛看著前方：「是啊！他是我的父親，可是現在，我不需要他了，我只想和自己的情人安安靜靜地在這裡生活。或許夢境更適合我。」

說完，安晴輕輕地推開了夢言：「孩子，妳們走吧！這個地方不屬於妳們。妳們還有真實的生活，不應該留在夢裡。」

夢言有些不捨，可是她知道自己還有更重要的事要做。她無聲但是用力地擁抱了一下安晴，又走過去擁抱了一下畫眉，就像放開一切一樣地放開了手，來到了雪娘娘的身邊。

「等一下！」安晴忽然說。

夢言和雪娘娘站住了，看著她跌跌撞撞地跑向一個房間，看著畫眉急忙地跑過去扶住了她。很快，他們回來了。

「把這個帶走吧！」安晴遞過來一個式樣古樸的布袋。

「這是什麼？」雪娘娘問。

「父親以前離開忘情谷的時候，曾經留下了這樣的一封信。說是如果有一天瓶女到來的時候，把這個交給她。可是瓶女來過了，卻沒能走進這個谷，這封信也就留下了。」安晴說，「雖說是在夢裡，我也不希望再看到這個東西的存在，就交給妳們了。」

夢言接過了布袋，拉著雪娘娘的手，和她一起從七重夢境中醒了過來。

外面的人正在焦急地等待，可是等來的只是夢言和雪娘娘無奈的臉。

「沒有找到囚牛，只帶回了一封他寫給瓶女的信。」雪娘娘說。

「可是就這封信，也沒有什麼用，因為就算取出來，讀給瓶女，她現在也聽不到。」夢言無力地揚了揚手中的布袋。

「不要取出來。」安娜夫人伸出手來，按住了夢言的手，「這個布袋我認識，它不是一封信。」

「那是什麼？」夢言奇怪地問。

「這是一個龍族的錦囊。」安娜夫人說，「在忘情谷中的時候，我聽囚牛說起過。」

「可是媽媽說這是信。」夢言說。

「也可以是信，只是它是會變化的。」安娜夫人說，「如果打開這個袋子的人無憂無慮，沒有任何心事，那麼這個錦囊裡取出來的，就會是一封錦囊主人的信。」

「如果不是呢？」夢言問。

「如果不是，那麼袋子裡的那張紙將會幫你出一個主意，讓你面對眼前的難題。」安娜夫人說。

「那我們打開來看看！」紀憶忽然插話道。

「如果打開了，也許我們會失望。」安娜夫人說。

「為什麼？」紀憶問。

「因為這個錦囊，只會給我們出一個主意，只有一次。而且這一次，也不一定會是個有用的主意。」安娜夫人說，「比如說我們要生起一堆火，這錦囊可能會告訴我們要有火柴。但是如果我們剛好沒有火柴，這個主意就被毫無意義地用掉了。」

「看來我們如果一直不打開它，或許還能總是存著一絲希望。」紀憶嘆了一口氣。

「這也正是當年囚牛沒有打開它的原因。因為連他也不相信這錦囊能夠提供一個主意，可以阻止自己的女兒禍亂妖界。」安娜夫人說，「或者，他真的希望問題可以最終自行解決，希望這個錦囊裡拿出來的只是一封信吧！一封他寫給瓶女的信。」

「可是我們現在最大的問題，就是怎樣才能喚醒瓶女。」紀憶說。

「夢言入夢的這段時間裡，我已經想過了，也許我們可以做到。」安娜夫人說。

「做到什麼？」夢言問，「喚醒瓶女？」

「沒錯。」安娜夫人說，「既然她心中想的只是一個囚牛，我們應該可以利用這一點。」

「可是外公他不在這裡啊！」夢言說。

「囚牛的確不在這裡，但是夢中的瓶女並不知道。我們可以想想辦法，製造出強大的龍息，讓這股氣息喚醒她。」安娜夫人說。

「真的可以嗎？」夢言睜大了眼睛。

「我不知道，但是至少我們可以試試。」安娜夫人說。

「這個辦法也許可行。」雪娘娘點了點頭。畢竟和囚牛最親近的幾個人幾乎都在這裡，我們的身上或多或少都有著他的氣息，況且我們手中還有這條龍筋。我們能做到的。」

「怎麼做？」紀憶開始躍躍欲試。

「別忘了，囚牛是一條冰龍。我們可以在這裡建起一個冰雪繫的法陣，以龍筋為中心，把大家身上的龍息全都聚集一處。」雪娘娘說。

雪娘娘立刻帶著紀憶和阿苛一起忙碌起來。他們憑空製造了大量的冰雪，把這些冰雪排在地面上排成了一幅六角的星圖。圖星一經排成，立刻在雪娘娘的法力下成長了起來，慢慢地長成了六座小小的山峰。那條紅色的龍筋被擺放在小山峰圍起的一小片空地上，被風雪環繞著，直立了起來，微微舞動。

「好了。」雪娘娘抹了一把汗，「現在大家站好位置，努力回想，想起與囚牛有關的一切。」

夢言、紀憶、安娜夫人和雪娘娘全都站在了星圖的邊緣，努力地回想。

夢言想起了自己幼年的夢，想起了自己脖子上的龍筋，想起了自己的雙手忽然化作龍爪，想起了自己在夢中見到的囚牛，想起了安晴附身在她的身上……隨著回憶越來越多，她感覺自己竟然離心中的外公越來越遠了。眼前的那幾座小小的冰峰，似乎要把她這些記憶全部吸走。如果這些被吸走了，有關囚牛的記憶在她心裡還能剩下些什麼呢？她還能記得外公、記得母親嗎？她不知道，她只是挖空心思地回憶，甚至為了回憶出全部的內容，她的額頭已經淌下了汗水。不知道過了多久，忽然她感覺身上一冷，心中一空——完了，她曾經全部回憶起來的，已經全部忘掉了！

夢言茫然地看了一下身邊。安娜夫人、雪娘娘和紀憶全都站在那裡，神情和她一樣的茫然。

「我們這是……要做什麼？」雪娘娘問道。

「你們在把有關囚牛的記憶聚集起來，好喚醒瓶女。」佩佩說。

「瓶女？是的，要喚醒瓶女。可是，囚牛是誰？」雪娘娘問。

夢言已經不知道囚牛是誰，她看了一眼安娜夫人，又看了一眼紀憶。很顯然，他們兩個人也不知道了。

「囚牛就是這個瓶女夢中一直在想著的那個人。」阿苛說。

「是一條龍嗎？」雪娘娘問，「冰雪陣裡有一條龍筋，好像龍息很強的樣子。」

「我來吧！」安娜夫人說著，走上前拿起了龍筋，「我好像記得，這條紅繩的結是我打的，只有我才能把它掛在人的脖子上。」

「不要！」雪娘娘忽然從茫然中清醒了過來，叫了一聲。

「怎麼？」安娜夫人似乎有些不解。

「完了。」雪娘娘嘆了一聲。

隨著這一聲嘆息，安娜夫人手中的龍筋忽然就一寸寸地斷了開來，飄散在地上。

「這是靠冰雪之力凝聚了龍息的龍筋，只有我這雙冰雪之手，才能完整地把它拿起來，其他的人如果碰到，這條龍筋連同上面所附著的龍息，就都會消散了。」雪娘娘說。

所有的人都低下頭去，看著落在已經散碎在地上的龍筋。他們發現，這條龍筋此時就像一根用乾麵粉搓成的繩子，被冰雪陣中的風力一吹，早已經成了粉末，滲入了這片空間，再也不見。

「天，這下沒有辦法了！」佩佩叫了一聲。

「其實就算是龍筋不碎，也一樣沒有辦法。」阿苛說，「既然現在的龍筋只有一雙手可以碰觸，而只有另一雙手才能把它掛上瓶女的脖子，那麼這個問題根本沒有辦法解決。」

這個結論是如此的真實，讓所有的人都沉默了下來。

「但是她不醒來，我們怎麼能離開這裡呢？」佩佩問。

沒有人回答她，除了一個大家很少聽到的聲音。

「囚牛！」這個聲音大聲地叫了起來。

是瓶女，她醒了！

「囚牛，我感覺你的氣息消失了！怎麼回事，你不是一直都在陪著我嗎？」剛剛醒來的瓶女，睡眼惺忪地說著。

竟然會這樣。沒有人能夠想到，讓瓶女一直放心安睡的，正是這些人身上的龍息。而龍息散盡的時刻，也正是瓶女醒來的時刻。

「你們？安娜？雪娘娘？夢言？紀憶？」瓶女終於清醒了過來，看著身邊的人們，「你們怎麼會在這裡？」

「妳忘了嗎？妳從鏡的鏡之世界裡出來，就一直在沉睡。」夢言說，「後來發生了很多事。」

「我來吧！」紀憶說。

因為紀憶本就是瓶女用意念製造出的妖怪，所以和瓶女溝通起來很容易。他們只是用目光互相注視了一會兒，瓶女就瞭解了後來發生的一切。

「原來是這樣。」瓶女微笑著說，「你們身上，果然一點龍息也沒有了。那我們離開吧！」

「離開？怎麼離開？而且離開以後很危險的！」佩佩叫了起來。

「不，已經沒有危險了。」瓶女說，「在這之前，妖怪們只是在恨我，只是在怕夢言的夢之領域。可是現在，夢言身上的龍息已經消失。而她的夢之領域，根本就是隨著龍息出現的。現在她只是一個普通的女孩。至於我，你們更不用擔心。」

「為什麼？」雪娘娘問。

「因為妖怪們恨的只是一個瓶女，瓶女是會吸走妖怪生命的。但是他們不會恨一個白澤。」

「白澤？妳是說，現在妳已經化身成了白澤？」雪娘娘問。

「自古吸取天地遊魂、精魄達一百五十萬種者，可以化身白澤。」瓶女說，「我現在所吸的妖魂，還差一種。」

「哪一種？」雪娘娘問。

「心獸。」瓶女說。

「心獸？」雪娘娘茫然。以她在妖界的閱歷，竟然沒有聽說過這樣的一種妖怪。

「這是一種很難找到的妖怪，據說要經過奇異的領域才能遇到。」瓶女微笑著說，「這種妖怪藏在某個空間領域之外。只有這個空間中有人從特定的地方進入心獸所在的空間，心獸才能具備完整的生命。嗯，它的生命也可以說就是一個空間，是由這些進入空間的人們，以自己的心之力量製造而成。」

「妳是說……」紀憶不可置信地看看瓶女，又看看四周。

「沒錯，這個心獸，就是我們現在所處的空間。」瓶女肯定地點了點頭，伸出了一隻纖纖素手。

一團霧氣，慢慢地聚在了她的手中，而她的身邊，也忽然亮了起來，再也沒有了那種這一空間內所特有的肉紅色。這只是一個開始。接下來，每個人都看見，他們所處的這個空間正在迅速地消失著，化成一團霧氣，被瓶女收到了體內。

他們發現，自己又回到了夢鎮。也許不是夢鎮，因為夢言深深地感覺到，雖然看起來很像，可是這裡，分明就是她和石磊住過了好幾年的無名島！是無名島。無名島，安娜夫人的家中。這個家是完好的，房子和花園也完好無損，小狗丁丁正在汪汪地叫著向她跑來，廚房裡甚至傳出了香橙薄餅的味道。

唯一不同的是，安娜夫人家裡現在多出了幾個客人：雪娘娘、阿苛、紀憶、石磊、佩佩，還有一隻奇異的怪獸。這隻怪獸身材不是特別的高大，甚至比一匹馬還要小了一點。它長著一顆像綿羊一樣的頭，通身閃著瓷器一樣的白光，目光溫和地看著在場的每一個人。

「白澤？」夢言吃驚地看著這個怪獸。相對於上古神獸的傳說，這隻怪獸雖然也有些怪，但還是顯得太平凡了些。

「沒錯，我是白澤。」白澤溫和地說著，用瓶女那好聽的聲音。

「果然變成白澤了，」佩佩拍了拍自己的胸口，「那些妖怪不會追來吧？」

「白澤的第一個祕密，」從前的瓶女說，「做為一個神獸，以前被我吞食過的妖怪或遊魂都能復活，回到他們從前的生活中。現在，他們都已經回去了。現在的妖界，對我已經沒有仇恨。」

「哦！」夢言叫了一聲，她清楚地看見，在安娜夫人院門外不遠處，那個曾經消失的乞丐正在緩步地離開。

「還有別的祕密？」佩佩問。

「第二個祕密我知道，」安娜夫人說，「那就是可以放棄自己的生命，換回另一個人的重生。那個人是誰呢？」

「是囚牛。」白澤說。

夢言還記得安娜夫人曾經說過的話：「白澤的最大祕密不是做一個人所景仰的神獸，因為可以驅妖避邪被人們所貢奉。它最大的祕密，是放棄自己身為白澤的身分，重新變回成那個花瓶。」

原來放棄自己的生命，可以換來一個人的重生。可是囚牛又是誰呢？

「囚牛又是誰？」安娜夫人也奇怪地問。

「這裡有囚牛給妳留下的一封信。」阿苛說著，遞過來一個樣式古樸的布袋。這個布袋的由來，夢言也一樣不記得了，因為那也是有關囚牛的記憶。

「哦？」白澤驚奇地看了一眼，一隻耳朵忽然伸長，變成了一隻女人的手臂，把布袋接了過來，靈活的手指取出了裡面的信箋。

那張信箋有著一種難以確認的、世間並不存在的質地，幾乎所有的人都在信箋離開布袋的時候，感覺到了那上面傳出來的氣息。氣息是平和的，溫情的，竟然還帶了一絲淡淡的憂傷。

白澤的那隻手臂，手指忽然就有些發抖，她拿著那箋信紙，輕輕地唸出了聲：「我的靈魂，一直附著在我的龍筋上面。龍筋消失的時候，我也就永遠消失了，就算是用白澤的生命，也換不回來。對不起。」

「這個囚牛，可真奇怪啊！他曾經愛過妳嗎？」夢言輕輕地問白澤。

這個時候，石磊走了過來，輕輕地拉住了夢言的手。

「不……」白澤喃喃地說，忽然聲音大了起來：「不可能的！他說過，當我找到讓他復活的辦法時，我們的故事會重新開始，一定會有辦法的！」

在場的每一個人，都用憐惜的目光看著她。

「妳……為什麼不把他重新造出來呢？」紀憶忽然問，「既然妳已經造出了我。」

「我造不出來。只有力量強過他的龍力，才有可能造出他來。」白澤說。

「那我帶妳到夢裡去見他。」夢言說。

「他已經沒有靈魂了，就算在夢裡，也不可能出現。」白澤的聲音很落寞。

「如果我們夢到三百年前呢？」夢言試探著問。

「既然他已經沒有了靈魂，就算是三百年前的夢裡，也見不到他了。」紀憶說。

「不，等一下！」白澤的眼睛一亮，「對了，我可以穿越時空，回到過去，讓一切重新來過！」

「穿越時空？真的可以嗎？」夢言問。

其他的人也都不可思議地看著白澤，包括安娜夫人和雪娘娘。

「真的有這樣的法術？」雪娘娘問。

「以前我也不知道，但是我現在是白澤。」白澤說，「只要找到一件仙界的靈物，我就可以用法術穿越時空，不過機會只有一次。」

「然後呢？」夢言問。

「然後，我會失去一切記憶，重新變回一個花瓶。」白澤說。

「那妳豈不是……什麼也做不了了？」紀憶問。

「不，哪怕我重新變成了一個沒有思維的花瓶，還是能做一件事。」白澤說。

「妳還能做什麼？」夢言奇怪地問。

「我還能等，等囚牛，等我的緣分重新出現。我不相信再一次發生的故事，還會和上一次的相同。」白澤四下看了看，微笑起來，「很好，仙界的靈物，這裡就有。」

白澤向房間內走去，一直走到安娜夫人的鋼琴旁，從那裡拿起了一個小小的木偶。

「這個木偶，就是仙界的靈物？」夢言問。她記得這兩個木偶中，有一個正是曾經的裂口女。

「沒錯。」安娜夫人點了點頭，「這個人偶，的確是出自天界樂神緊那羅之手。」

夢言不知道緊那羅是誰，但是她還記得裂口女的故事，製造這個人偶的，是一位神奇的造琴師，造出了這架可以讓靈魂共鳴的雙子琴。

「那麼，我走了。」白澤微笑起來。神獸的微笑，越看越像一個溫柔的少女。

沒有人攔住她，也沒有人知道怎樣才能攔住她。所有人都只看到一道細細的白光泛起，亮到極致，像是從太陽上抽出來的一根最亮的絲。這光芒太華麗，也太刺眼了，所有的人都閉上了眼睛。等他們再睜開的時候，再也沒有看到白澤的身影。

尾聲

幾個月過去了，無名島仍然在繼續著從前的生活。一樣的小島，一樣的超市，一樣的中心廣場，一樣的噴泉，一樣的有一對年輕的夫妻攜手走過。一樣的，他們會同時到安娜夫人家裡，傾聽她彈奏的鋼琴曲。

有時候，男人會問女人：「夢言，妳還記得囚牛嗎？」

女人一雙清亮亮的眼睛閃著迷惑的光：「是啊，囚牛！囚牛到底是誰呢？白澤會做出那樣重要的決定，回去找他，我真想見一見他是什麼樣子。」

說話之間，兩個人已經來到了安娜夫人的院前。花園一樣的院落仍然是那樣的美麗，小狗丁丁警覺地跑過來，看到是他們，又懶洋洋地跑開了。

嗅著那股彷彿永遠也不會消失的香橙薄餅的味道，他們走進了安娜夫人的客廳。慈祥的安娜夫人正從廚房裡走出來，手中端著潔白的瓶盤，背上還披著那件軟軟的大披肩。三個人互看了一眼，露出了老熟人相見的微笑。

就在這個時候，鋼琴忽然響了一聲。根本無人彈奏，竟然響了一聲！

三個人滿含笑意的眼神，立刻就變成了詫異，這詫異中還帶著一絲的驚喜。

那架出自天界樂神之手的，能讓靈魂間互相共鳴的雙子琴，正在自己發出美妙的聲音，發出流暢而動人的音樂。這音樂的彈奏技巧之高，完全不似人間所能擁有的技藝。這音樂甚至在他們的眼前勾勒出了一幅圖畫。

圖畫中現出的，是一個偏遠的村落，這一定是幾百年前才有的村落。村落附近的泥土裡摻雜著柔軟的細沙和堅硬的貝殼。

村邊的樹林邊坐著一個美麗的少女。這個時候正是夕陽西下。夕陽很美，白雲很美，樹木很美，都是很美的風景。那女孩坐在那裡一動也不動，把自己也坐成了風景的一部分。

在畫卷的另一邊，有一個身姿英挺的男子正在緩緩走近。在他的身上，穿著只有古代王子才有的裝束。在他的頭頂，長著兩隻像鹿茸一樣的美麗的角。

「那是龍子囚牛嗎？」夢言忍不住叫了起來。隨著她這一聲叫，音樂嘎然而止，畫卷也跟著消失了。

「應該是的吧！」安娜夫人嘆息了一聲，「他終於找到了自己要找的東西，長出了龍角。」

夢言又想起了自己在夢中見到囚牛的情形。夢中的囚牛曾經說過，找到這件東西，他就會長出龍角，固定形象，開始衰老，最終死亡。囚牛還說過，憑他自己，根本找不到這件東西。

那麼，這件東西，是囚牛和瓶女共同找到的。那就是——一段可以為之付出一切的愛情。如果有了這樣的愛情，那麼放棄永生不死的龍子身分，接受衰老和死亡的到來，也是值得的吧！

夢言覺得，自己忽然間就明瞭了囚牛和瓶女的心意。一陣突如其來的感動，使她緊緊地握住了身邊石磊的手……

從那以後，他們也曾多次在鋼琴邊靜靜地等待，只是再也沒有聽到過那樣的音樂，看到過那樣的畫卷。

而那個瓶女與龍子重逢的故事，他們始終不知道結局。或許有了那樣的愛情之後，結局，已經根本無所謂了。

國家圖書館出版品預行編目資料

妖 瞳／冬夜雪舞著.
——第一版—— 臺北市：知青頻道出版；
紅螞蟻圖書發行，2011.2
面　　公分——
ISBN 978-986-6276-53-8（平裝）

857.5　　　　99026838

妖 瞳

作　　者／冬夜雪舞
美術構成／Chris' office
校　　對／周英嬌、楊安妮、朱慧蒨
發 行 人／賴秀珍
榮譽總監／張錦基
總 編 輯／何南輝
出　　版／知青頻道出版有限公司
發　　行／紅螞蟻圖書有限公司
地　　址／台北市內湖區舊宗路二段121巷28號4F
網　　站／www.e-redant.com
郵撥帳號／1604621-1　紅螞蟻圖書有限公司
電　　話／(02)2795-3656（代表號）
傳　　真／(02)2795-4100
登 記 證／局版北市業字第796號
港澳總經銷／和平圖書有限公司
地　　址／香港柴灣嘉業街12號百樂門大廈17F
電　　話／(852)2804-6687
法律顧問／許晏賓律師
印 刷 廠／鴻運彩色印刷有限公司
出版日期／2011年 2 月　第一版第一刷

定價 270 元　港幣 90 元

ISBN 978--986-6276-53-8　　Printed in Taiwan